꿈을 다리다

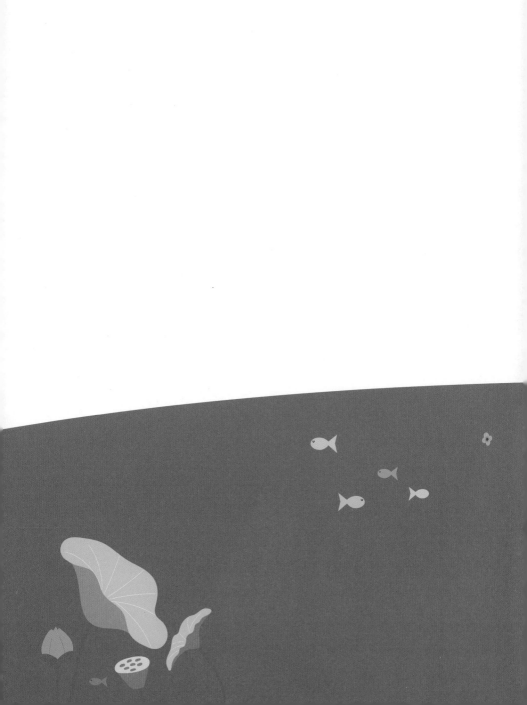

꿈을 다리다

이향희 수필집

전춤판

自序

　문단에 발 들여놓은 지 제법 시간이 지났다.

　언제 작품집 내냐는 주변의 채근에 혼기를 놓친 처녀 심정이
이러지 않을까 싶다. 시간이 갈수록 어려워진다는 걸 알기에 용기
를 내보지만 정작 나의 낯가리는 높지도 옹골차지도 못해 부끄럽
기만 하다.

　별다른 굴곡 없이 달려온 세월의 터널에서 나의 질주는 치열하
지 못했다. 무기력한 내면을 들여다보며 나날을 보내다가 친정언
니의 성화에 퍼뜩 정신이 들었다. 하마하마 기다리는 문우님들과
친정어머니와 가족들 모두가 나의 출판을 기뻐해주실 분들이다.

　수필은 어떻게 하든 자기가 드러나기 마련인 문장 형식이다.
그래서 수필에는 가족과 신변 이야기가 자연 많아지게 되고 이것
들을 어떻게 감동적으로 빚어낼까가 늘 숙제처럼 나를 붙잡았다.
독서를 하는 동안 소소한 미소가 피어난다면 더 바랄 것이 없겠다
싶다.

책이 나오기까지의 전반적인 부분을 꼼꼼히 챙겨주시고, 부족한 글을 따스한 시각으로 평설해주신 김종 교수님께 큰 은혜를 입어 가슴에 새긴다.

　초고를 읽으면서도 '잘 썼다' 칭찬해 주던 남편과 북 디자이너 박수현 씨, 정은출판의 장서윤 실장께도 고마움을 전한다.

　문단으로 이끌어주시고 지금은 하늘나라에 계신 정주환 교수님과 글쓰기를 좋아하셨던 아버지의 영전에 이 책을 바친다.

　기뻐하실 아버지의 모습과 너무 기다리게 했다는 교수님의 한바탕 꾸중이 유난히 그리운 날이다.

- 2021년 가을바람을 받으며

이 향 희 삼가 씀

차례

1부   여백

2부 꿈을 다리다

3부 항아리

4부 마당에 서다

5부 임진강 바람소리

/

1부

/

여백

후르르, 무게를 털어내는 연하蓮荷에서 곡예를 타던 물방울이 쏟아진다. 조약돌
만한 물방울만 연하에 남아 하얗게 반짝인다. 내리는 웃비에 채워지면 쏟고 결
국 연하는 자기 힘에 맞는 양 만큼만 옴팡지게 안고 있지 않은가.

- 본문 〈여백〉 중에서

어머니의 택배

"쌀 다 안 돼 가나? 참기름도 다 됐재?

수화기를 들자 카랑카랑한 시어머니의 바쁜 목소리가 거실을 채운다. 비록 떨어져 살지만, 고부간으로 살아온 세월이 어느덧 십육 년이다 보니 애써 수화기를 귀에 대지 않아도 시어머니께서 무슨 말씀을 하시는지 다 안다. 그리고 내 대답이 채 끝나기도 전에 전화가 끊어질 것도, 아니 당신께서 언제나 끝으로 하시는 '알았다'도 '알'까지만 수화기 속으로 들어올 뿐 토막 난 '-았다'는 당신의 발걸음 따라 또르르 구르며 방문 밖으로 떨어질 것도 나는 안다. 농사와 가게, 주부로서의 살림까지 하시려니 어머니께는 일 년 중 한가한 날이 거의 없다. 더구나 맏며느리로서 최대한으로 줄인 제사라 해도 여섯 분을 모시다 보니 더욱 그러시다.

이제는 나보다도 더 우리 집 살림을 잘 아신다. 쌀독을 열어 보았다. 아니나 다를까. 쌀이 다 되어 가고 있다. 어머니께서는 또 아버님과 함께 택배 보따리를 꾸리실 모양이다. 우리 집 뒤 베란다엔 빈 택배용 종이 박스와 스티로폼 박스가 떨어질 날이 없다. 끊임없이 이어지는 어머니의 정성 때문이다. 날이 갈수록 택배의 내용물도 다양해지고 형태도 재료에서 반제품으로 변하더니 이제는 대부분이 완제품이다. 김치, 생선, 꽃게 찌개, 고등어 조림, 곰국은 기본이고, 봄이면 손수 캐다 만드신 쑥국과 인절미, 가을엔 범벅떡, 겨울이면 호박시루떡, 제사를 지낸 후엔 탕과 각종 나물과 찐 생선 등 실로 다양하다.

지금도 난 첫 택배를 받은 십여 년 전의 그 감동을 잊지 못한다. "택배요" 하는 소리와 함께 현관 앞에 부려진 커다란 두 박스. 그 무거운 박스를 여는 순간 입을 다물 수가 없었고, 내용물을 하나하나 꺼내면서 끝내 눈물을 흘리고 말았다. 새끼손가락 하나 들어갈 틈도 없이 꽉꽉 채워 담으신 어머니의 지극하고 알뜰하신 사랑, 동네 언덕배기의 밭고랑과 마당의 텃밭이 고스란히 화물 트럭을 채찍질하며 천 리를 달려 아들네에서 가쁜 숨결로 웃고 계시는 듯했다.

김치 통 모양대로 동그랗게 얼음이 되어있는 장작불로 손수 고신 곰국과 떡볶이용 떡-우리 상원이 도원이 마이 묵고 얼른 커거래이-, 맛깔스런 김치와 깨끗이 다듬은 시금치와 쪽파, 다진 마늘과 온갖 양념들, 먹기 좋게 한 끼용으로 포장된 생선들-공부만 하고 커서 손 느리고 아직 살림 서툰 우리 며느리, 이래 주는 것도 못해 먹으까이-, 미역과 국거리용 쇠고기와 바지락, 그리고 틈 사이마다 채워져 있는 '새콤달콤'과 '마이구미'-아이구나 우리 강아지들! 최고로 좋아하재. 할머니는 시큼해서 세상에도 못먹겠더만-. 그 당시 한창 유행하던 백 원짜리 과자들이 소풍날 보물찾기에서 모습을 드러내듯 이 세상에서 가장 값진 할머니의 손자 사랑으로 승화되는 순간이었다.

큰 아이가 세 살이 될 무렵 남편은 육 개월 남짓 해외 출장을 갔었고, 공교롭게도 둘째가 그 만 할 때도 남편은 역시 해외 출장을 갔었다. 그 때마다 난 아이를 데리고 시댁엘 가서 시부모님과 함께 생활했었다. 따로 살 때 흔히 생기는 일방적인 손주 사랑이 아닌 아이들도 할아버지 할머니를 좋아하는 완전한 조손간의 사랑이 되게 하고 싶었고, 아이들에게 더 큰 가족애를 가르쳐 주고 싶었기 때문이다. 그 때 어머니께서는 손자들의 취향을 다 아셨기에 그런 과자들을 넣으셨던 것이다.

또 하나의 박스엔 농부이신 시부모의 애환이 그대로 녹아있는 커다란 쌀자루가 들어 있었고, 쌀독에 들어붓는데 봉투 하나가 들어있는 게 아닌가.

'새아가 생일이 가깝지 싶다' 봉투 겉에 적혀 있는 시아버지의 짤막한 편지. 이 세상 그 어떤 미사여구가 이처럼 깊은 마음을 전

할 수 있을까!

며느리의 생일을 챙겨주시는 시부모님, 난 그 돈을 차마 쓸 수 없어 당장에 통장을 만들었었다. 어쩐지 그 돈을 써버리면 시부모의 사랑도 식을 것만 같았다.

그렇게 첫 택배는 부치는 어머니의 마음도 박스 속에 그대로 포장되어 배달되었으며, 내가 내용물을 꺼낼 때마다 받는 나보다도 더 설레셨을 어머니의 신명난 목소리가 들리는 듯했다.

아, 이 고마움을, 이 감동을 방송국에 적어 보내자. 나 시집 참 잘 왔어요. 자랑해야지.

"상원아, 도원아, 할머니께서 또 곰국 보내 주셨네. 고등어조림도. 엄마 대신 너희들이 할머니께 은혜 다 갚아드려야 돼. 이제 할머니도 기운이 없으실 텐데 우리 예삐들 장작불 곰국 먹이시려고 아직도 불 때서 곰국 만드시잖아"

"알았어요, 제가 어른 돼서 할머니께 다 갚아 드릴게요."

"할머니, 감사히 잘 먹겠습니다."

전화를 드리고서 둘은 맛있게 한 그릇 후딱 치운다.

택배 박스 속의 변함없는 어머니의 온갖 정성들을 하나하나 정리하며 나는 자꾸만 전 같지 않게 목이 멘다. 어머니께서 돌아가시고 나면 많이 생각나겠지. 이젠 내가 어머니께 택배를 보내 드려야 하는데, 어머니도 이제 여기저기 성치가 않으신데….

언제부턴가 난 그 생각을 하게 되었다. 어머니께도 택배를 받는 기쁨을 맛볼 수 있게 해 드려야지. 장조림도 만들고 불고기도 재고, 나물도 무치고 대하도 충분히 사서 부쳐야지. 어머니처럼 상할 것은 아이스박스로 이중 포장을 해서. 그리고 예쁜 자켓과 치마도 사서 함께 부쳐야지.

시댁엘 가면 어머니께서는 사십을 훌쩍 넘어선 며느리에게 지금도 먼 길 오느라 애썼다며 아침잠을 더 재우신다. 머리를 감을 때는 아래 칸 아궁이에서 손수 더운 물도 욕실까지 떠다 주신다. 아무리 생각해 봐도 난 며느리에게 그렇게 못할 것 같다. 어머니의 십 분의 일만 하자. 그것이 두 며느리의 시어머니가 될 나의 좌우명이다. 그것만으로도 충분히 일등 시어머니가 될 수 있을 것이므로.

아버님, 어머님, 건강하게 오래오래 사셔요. 상원이 도원이 아이들에게도 어머니의 그 명품 곰국을 맛보게 하셔야죠.

해운대, 나의 바다

바다에 파도가 없다면 강이나 호수와 무엇이 다를까? 유유자적한 나그네의 발길 같은 물살이 있기에 강은 아름답고, 호수는 물결의 그 잔잔함으로 마음에 평안을 주어 사람들이 즐겨 찾는다.

바람에 순응하듯, 그가 잠들면 하늘을 껴안고 수평선 되어 농염한 사랑을 나누는 바다. 바람이 부는 날엔 토라진 애인의 거부의 몸짓마냥 가장 알맞은 파도가 되었다가, 태풍이라도 몰아치면 바다는 마침내 질풍노도가 되어 온 세상을 뒤흔들어 버린다.

이처럼 바다를 끊임없이 변화무쌍하게 하는 바람의 아이 파도가 있기에 우리는 그 바다에 매료되어 찾고 또 찾는 것이 아닐까?

나의 바다는 언제나 남쪽의 해운대로 가슴 깊이 갈무리 되어 있다.

작열하는 태양 아래 백 만의 인파와 파라솔을 꽃으로 피워낸 긴 백사장, 제각기 짊어진 인생의 무게를 대신 얼싸안고 하얀 파도가 어울렁 더울렁 지칠 줄 모르는 여름 휴가철의 그 바다가 아니라 나의 해운대는 구름인지 하늘인지 바다인지조차도 분간할 수 없이 파도가 해일처럼 온 세상을 삼킬 듯하던 그런 바다이다.

대학 3학년이 되어 한 청년을 알게 되었다. 새삼스러울 것도 없는 이미 친하게 지내던 중학교 동창생, 유리창에 부서지는 햇살 같은 눈빛과 도톰한 입술이 밝게 반질거리던 그 아이가 느닷없이 내 가슴에 파고들기 시작한 것이다. 겨울 방학이라 친구 집에서 밤을 꼬박 지새며 나눴던 그와 나의 얘기들이 사랑의 씨앗이 될 줄을 난 몰랐었지만, 그는 이미 그 긴 겨울밤의 얘기들로 사랑의 화살을 만들고 있었던 것이다.

교정의 매화꽃이 봉오리를 터뜨리기 시작하던 새봄, 그는 편지와 함께 그 화살을 나의 심장을 향해 힘껏 당겼었다. 퍼펙트 골드, 그 예리함을 어찌 피할 수 있으리. 이후로 혼자서 해운대를 찾게 되었고, 거기엔 얼마 전까지 동아리 친구들과 문학을 얘기하며 통기타 통통거리던 낭만과 즐거움 대신 사랑의 열병이 파도가 되어 가슴을 철썩철썩 때리고 있었다.

매 주마다 내게 안겨온 그의 사랑의 편지를 읽으며 가슴으론 뜨겁게 끌어안으면서도 머리론 언제나 도리질 치던 그 번민의 나날들. 그 때 처음 알았다. 세상을 살아가는 우리네 인생이 파도를 안고 끊임없이 출렁이는 저 바다와 같음을. 날마다 바람이 다르고, 바다 빛도 달랐으며, 파도는 어제의 그 파도가 아니요, 부서지는 포말마저도 같지 않다는 것을. 그럼에도 겉으론 태고 적의 그 몸짓인양 얼마나 천연덕스러운가.

그는 흔치 않은 S대생이며, 누구를 좋아했는지도 서로 잘 아는 중학교 동창생이라 나의 이성이 그를 쉬이 받아들일 수가 없었고, 더구나 집안끼리 시골 사정 너무도 빤히 아는 터라 결혼으로 맺어지기엔 부모님의 반대가 심할 거란 불안을 막연히 품고 있었던 나였기에, 스물 둘의 가슴에 밤눈처럼 내려 쌓인 내 순결한 사랑은 날마다 해운대에서 가슴앓이를 했던 것이다.

누가 인간을 이성의 동물이라 했던가. 사춘기 시절 선생님을 마음에 품었던 그런 짝사랑이 아닌 본격적으로 타오르기 시작한 사랑의 감정을 아무리 얼음같이 냉철한 이성이라 한들 어찌 그 뜨거움을 감당할 수 있으랴. 사랑은 이미 신의 영역인 것을.

예전처럼 친구하자며 안녕이라고 쓴 나의 편지를 그는 받지 못하고 서울에서 달려왔다. 고속버스에도 날개를 달 순 없을까 생각하며 부산으로 오는 동안 안달과 설렘으로 눈 한 번 제대로 붙일 수가 없었다는 친구, 해운대행 시내버스 안에서 내 손을 끌어 그의 두 손으로 감싸 쥐는 순간 온 몸의 살갗들이 자진모리 휘모리로 일제히 일어서며 춤을 추는 것이 아닌가! 살갗에도 영혼이 있었음을 처음 깨달으며 철부지 동창생은 비로소 연인으로 되어

가고 있었다.

해운대의 모래밭은 이미 깊은 바다로 변해 있었고, 해변도로에까지 넘쳐 올라 휘몰아치던 파도. 빗줄기와 바람을 감당하지 못해 살이 다 구부러진 채로 날아가 버렸던 우산. 파도는 먹잇감을 향해 갈기를 휘날리며 돌진하는 수사자의 얼굴처럼 하얀 분노를 흩뿌리며 우리를 향해 달려들고 있었다. 마치 우리가 먹잇감이기라도 하듯이. 그 때 우리는 우리의 사랑 혹은 인생에 한두 번쯤 있을 격랑을 예감했었다. 아울러 태풍의 혓바닥 앞에서 우산도 없이 오롯이 서로를 껴안고 견뎌낸 그 사랑이 격랑을 또한 잠재우며 평화의 바다를 되찾아줄 것도 확신했었다.

이제 두 청년은 아내와 남편이란 이름으로 세상의 바다에서 열심히 노를 저어가고 있다. 서로의 눈빛을 등대 혹은 기상도 삼아.

몇 년 전이던가? 폭풍우가 광란으로 퍼붓던 날 크게 부부싸움을 한 적이 있었다. 조금만 이성적으로 생각하면 별 것도 아닌 것을 왜 그리도 서로를 힘들게 했는지. 결혼 후 처음으로 해운대의 그 태풍이 떠올랐다. 돌진하는 수사자 앞의 그와 나, 다만 셀마 앞에서 한마음으로 견뎌낸 연인이 매미로 개명한 사자 앞에서 부부라는 이름으로 서로를 할퀴고 있음이 다를 뿐. 갑자기 TV에선 부부 싸움의 빌미가 되었던 드라마 대신 속보가 나오고 있었다. 태풍 매미 속에 잠겨 허우적대는 도시와 하늘로 치솟고 있는 해운대의 모습. 아연할 수밖에 없었다. 누가 먼저랄 것도 없이 우리는 젊은 날의 그 해운대와 자신들을 떠올리며 그제야 서로를 따뜻이 보듬을 수가 있었다.

격랑인 줄 알았던 것도 지나고 나면 그저 조금 세게 밀려온 파도였을 뿐이었구나 싶을 때가 있다. 하여 시인 푸시킨은 삶이 그대를 속일지라도 성내거나 서러워 말라고 하지 않았던가.

어쩌면 우린 서로에게 파도인지도 모른다. 서로의 깃털로 일으키는 바람의 크기에 따라 물결과 파도 혹은 해일로 대답하는. 그러기에 너무 큰 깃털을 가지지도 말며, 너무 센 바람도 일으키지 말 것. 한 사람이 일으킨 바람일지라도 가족 모두가 그 파도에 휩쓸릴 수 있으므로.

인생의 바다 곳곳에 도사리고 있는 태풍 앞에서 더욱 의연해질 수 있도록 사랑의 뿌리를 더 깊이 내릴 일이다.

다시 꾸는 꿈

흔히 사람들은 꿈은 십 대 이십 대만의, 청춘만의 특권으로 여긴다. 그러나 꿈과 소망은 신이 우리 인간 모두에게 준 가장 큰 은총이다. 고된 오늘이지만 내일의 꿈이 있기에 행복할 수 있는 것이다. 꿈을 품고 산다는 것, 얼마나 가슴 벅찬 일인가.

둘째 아이가 서너 살이 됐을 무렵, 난 두 사내아이의 엄마로서 너무나도 힘들었던 적이 있었다. 아이들은 밤 한 시가 되어서야 잠들었고, 난 한사코 한 시간 여를 더 버티고서야 잠자리에 들곤 했었다. 이유는 단지 하나, 나에게도 휴식이 필요했던 것이다. 아이를 키우는 엄마에게 아이가 눈앞에서 움직이고 있다는 것은 일을 하고 안 하고 상관없이 노동이다. 아이가 잠들고 모든 일과가 끝난 그 깊은 밤의 평화, 소파에 앉아 졸고 있을지언정 얼마나 달

콤했던지. 그제서야 '나'가 되는 느낌이었다.

어느 날 그 소중한 휴식 시간을 가슴이 먹먹하고 목울대가 아파오도록 눈물을 흘렸던 적이 있었다. 망연히 앉아있던 머릿속이 송곳에라도 찔린 듯 소스라쳤다. '꿈'이라는 말이 튀어나온 것이다. 알 수가 없었다. 느닷없이 그 말이 왜 떠올랐는지, 그토록 나를 아프게 했는지.

"언니야, 내 서울에 상 받으러 간다. 시인 등단했다 아이가. 올라가는 김에 언니 집에도 가볼라꼬."

동생의 전화를 받는 순간 멍해졌다. 내 동생이 시인이 됐다고? 어떻게 그럴 수가 있었지?

혼자서 방통대 국문과를 마지막 학기 째 하고 있다는 얘기, 등단하고 싶어 몇 번이나 도전했다 실패했다는 얘기, 드디어 해냈다는 얘기.

축하한다고, 참 기특하다고 남편에게도 아이들에게도 자랑했지만 마음속엔 나도 생각지 못한 등단을 이 언니 모르게 했다는 배신감과 나를 돌아보는 부끄러움이 솟구쳤다.

세월이란 단정 짓지 못할 그 무엇이다. 시간과 공간 속에서 가장 친밀하게 그와 융합되어 있는 듯하면서도 가장 철저히 무관하고 무심한 듯하다. 초연히 모든 것을 안고서 똑같은 페이스로 걸어갈 뿐이다. 그럼에도 세월은 사람마다에게 얼마나 다양하게 자신을 드러내는가. 반복되는 일상에서 마음으론 수없이 탈선하면서도 겉으론 적당히 포기하고 적당히 세파에 흔들리며 때로는 스스로의 아집에 권태마저 느끼며 나의 세월은 사십 대 중년 아줌마라는 이름으로 내 옆구리로 쌓여갈 동안 동생에겐 시인과 주부 대학생이란 자태로 디자인되어 있었던 것이다.

이후로 나의 내면에선 작은 변화가 일기 시작했다. 다시 글을 써 볼까? 시인이 되어 볼까?

동생의 등단 소식이 새벽녘의 첫닭 울음소리라면 문화센터 글쓰기 반의 등록은 더 이상 미적거릴 수 없는 마지막 알람 소리였다. 긴 악몽의 가위눌림에서 깨어나듯 알 수 없는 질곡의 심연에서 벗어나듯 깊은 안도의 숨을 내쉬었다. 그러자 해돋이 직전의 바다처럼 잠자던 모든 세포들이 하나의 정점을 향해 일제히 용트림을 했다. 아, 그렇구나! 꿈이구나! 오랜 세월 동안 한 번도 되뇌어 보지 않았던, 나와는 상관없는 단어라고 생각했던 그 꿈이 고맙게도 가슴 깊숙이 숨어 있다가 그제야 고개를 내민 것이구나.

이제는 알 것 같다. 그날 흘렸던 내 눈물의 의미를, 꿈 때문에 그렇게 울어야 했던 내 삼십 대의 서글픈 반란을. 어린 시절 혹은 처녀 시절에 이루지 못한 슬픔이 아니라, 아무런 꿈을 품지 않고도 살아지는구나 싶은 자조와 허망함 때문이었음을, 가장 빛나는 보석을 잃어버린 듯한 상실감 때문이었음을.

사람 나이 사십에 이르면 불혹이라 부른다. 이름을 붙인 공자의 속내야 차치하고, 나는 그 의미를 '유혹당하여 다시 도전하기'로 붙이고 싶다. 세상의 모든 비례非禮에 물시勿視 물청勿聽 물언勿言 물동勿動 하되 예와 선엔 유혹당하라. 갈등하지 말고 시작하라. 되찾을 수 있는 잃어버린 것이 있다면 곧장 길을 떠나라. 그리하여 너무 늦었다는 악마의 모든 유혹에 불혹하라!

서른세 번, 제야의 종소리는 여느 해와 마찬가지로 울려 퍼지지만 어느 때보다도 감동으로 일렁인다. 무심히 비껴가던 그런 세월이 아니라 종소리의 울림 따라 선명해지는 꿈에게 유혹당한 2007년 새해, 나의 삼십 대를 아프게 했던 꿈의 상실이 이제 불혹에 서 있는 내게 꼭 그만큼의 기쁨과 설렘으로 일상에 생기를 주며 비상을 꿈꾸게 한다.

2007년, 꿈을 향해 도전하기. 이십 년 삼십 년을 거슬러 나는 그 꿈을 새로이 꾸려 한다. 꿈은 누구에게나, 언제 어디서나 가장 빛나는 보석이므로.

은행을 손질하며

은행은 벤치 밑에도 사람들의 발 옆에도 계단에도 떨어져 있다. 심지어는 어떻게 예까지 왔나 싶게 나무와는 제법 먼 곳까지 떨어져 있다. 가급적이면 더 멀리 지경을 넓히고 싶었을까? 어미 나무의 양분을 뺏고 싶지 않은 효심이었을까?

열매들이 둥근 것은 번식을 위해 더 멀리 굴러가기 위해서라고 한다. 은행 역시 동그란 몸으로 열심히 굴러 여기저기 흩어져 있다. 껍질이 쭈그러든 것도 있고, 고무공처럼 탱탱한 것도 있다. 오가는 발길에 온몸이 으스러져 있는 것도 있다.

껍질이 으깨어져 있는 것은 냄새가 더욱 심하다. 하필이면 하고 많은 중에 똥냄새일까? 왜 껍질은 유난히도 부드러운 것일까? 그것 또한 번식을 위한 것이라는 생각을 해본다. 씨앗이 발아發芽

를 위해선 껍질이 쉽게 까져야 할 테니 부드러운 것이고, 냄새가
고약한 건 혈액 순환에 좋은 성분이 많아 사람들이 다 먹어 버릴
까 봐 그런 것이라고.

싱크대에다 주워온 은행을 쏟아 부었다.

고무장갑을 끼고 열심히 으깨어 물을 붓는다. 찌꺼기와 알맹이
를 분리하는 것이 만만치가 않다. 어떻게 하면 쉽게 할 수 있을까?
문득 어릴 때 쌀을 일던 어머니의 조리질이 떠올랐다. 옛날 모양
의 조리는 없지만 아쉬운 대로 쇠 그물로 된 건짐용 국자 같은 걸
로 대신했다.

소용돌이를 따라 가벼운 찌꺼기가 영락없이 걸려든다. 새삼 자
신의 손놀림이 신기하다. 가볍게 손목을 돌리면 물살이 생기고,
조금 빨리 반복하면 소용돌이가 생겨 무거운 것은 가라앉고, 가벼
운 것은 물살 따라 휘돌며 조리 안으로 걸려드는 것이다. 굳이 조
리가 아니어도 좋다. 손잡이가 없는 소쿠리라도 훌륭한 조리가 될
수 있다. 중요한 것은 물이 새어나가기만 하면 되는 것이다.

　　조 리 질

소용돌이
상대를 만난 싸움소마냥
원심력이 성깔을 부린다

멈추면 안 돼
승부가 날 때까지
신명 오른 투우사
카포테 휘날리며 성깔을 휘젓고
유연한 손놀림이 부서진 힘의 파편을 낚는다

무거운 것은 무거운 것끼리
가벼운 것은 가벼운 것끼리
알맹이 가라앉히며
노란 회오리로 부유하는 껍질
조리 속에 낚여들며
마침내 갈라지는 알곡과 가라지

조리질 속에 나를 올려놓는다
지키고 싶은 나와 버리고 싶은 나
카포테 휘날리며 나는 투우사가 된다
몸부림치며 이지러지며
인생이 난무한다
끝이 보이지 않는 현재진행형
내 안의 조리질.

욕심 낼 것과 버릴 것, 채울 것과 비울 것을 구분할 줄 아는 분별력. 무엇을 비우고 어떻게 채워야 하는 지를 실천하기가 어디 말처럼 쉬운 일이던가.

한 가정의 가풍과 인성에 가장 큰 영향을 주는 사람은 아내이자 어머니인 주부이다. 그러니 인품이나 마음가짐을 늘 가지런히 해야 함은 말할 것도 없다. 어릴 적 우리네 어머니는 아침마다, 밥을 지을 때마다 곡식을 일면서 마음을 가다듬으셨을 것이다. '스스로를 가다듬으며 가족을 챙기고, 과욕과 지나침을 경계하라'는 조리의 속삭임을 들으며 하루를 여셨을 것이다. 그러고 보면 조리는 제齊 환공桓公의 '의기儀器'나, 가포稼圃 임상옥 선생의 계영배보다 훨씬 이전부터 주부 곁에 있는 '유좌지기宥坐之器'였음을 알 수 있다.

요즘은 기계로 다 골라낸다. 곡식이나 쌀을 일 필요가 없다. 조리도 잊혀진지 오랜 이름이다. 기억의 저 바닥에 묻혀있던 조리질. 그 묵직한 울림을 유좌지기로 가슴에 새긴다.

누구였을까? 맨 처음 조리를 만든 그는.

공원의 밤 1

늦은 시각 공원의 밤은 축제 뒤의 무대처럼 고요가 흐른다. 운동 나온 사람들도 하나 둘 집으로 돌아가고 산책로의 가로등에도 불이 꺼진다. 초저녁, 노래와 불빛과 사람들의 소리를 맛깔스레 섞어 공원의 하루를 뿜어 올리는 노래하는 분수의 화려함도 좋지만, 적당히 어둠을 안고 저들끼리 사그락 사그락 하루를 정리하는 공원의 소리에 귀 기울이며 산책하는 그 맛에 비할 수야 없다.

가로등 빛에 가려 알아채지 못한 달빛이 그제야 교교히 공원 속으로 번져온다. 엊그제 보름이 지난 하현달, 오랜만에 생긴 달무리가 엷게 번진 주홍으로 달을 감싸고 있다. 달무리 안의 하현달은 빗장 속의 여인이다. 단아하면서도 설핏한 그리움이 묻어 있다.

지나친 억측일까? 사람과 달의 한살이가 참 많이 닮았다는 생각이 든다. 태어남이 축복이요 자라나는 그 모든 것이 기쁨인 유년기는 초승달이다. 한쪽 끝을 누르면 기우뚱거리는 앙증맞은 모습이 걸음마를 배우는 아기의 모습이다. 아동기와 상현달은 통통해진 몸으로 제법 똘똘하게 집안을 밝히고 세상의 어둠도 밝힌다. 바야흐로 생의 가장 황금기인 청년기는 보름달이다, 아프니까 청춘이고 아픈 만큼 성숙한다는 말처럼 가장 아름답고 건강한 신체 뒤로 그들만의 고뇌가 마치 제 몸에 점점 더 많은 그림자를 가진 보름달과 비슷하다. 그래도 청운의 꿈과 사랑이 있고 가장 밝은 빛이 있기에 그 아픔과 그림자조차도 아름답지 않은가! 하고 싶은 일보다 해야 할 일이 더 많은 장년기가 되어 그 짐 하나하나 풀어 놓고 보면 어느 새 굽은 등 위로 찾아 든 노년. 보름달 역시 야금야금 파고드는 어둠에게 제 살 떼어주며 하현달이 되고, 시나브로 그믐달이 되어 칠흑 속으로 침잠하며 그의 한살이도 다해지는 것이다. 어디 그 뿐인가? 인생의 뜻하지 않은 고통과 역경처럼 달에게도 비바람 먹구름과 월식月蝕이 있으니 이 어찌 닮았다 아니 하리.

　달은 우리의 영원한 친구이자 고향이다. 그리움이 사무칠 때 달을 보고 울고, 애절한 소망도 달 보고 빌었으며, 꿈이 좌절 됐을 때도 역시 달을 원망하지 않았던가.

　얼마 전에 만나고 온 고향의 친구가 떠오른다. 아빠 없이 첫돌을 치른 아이가 어느 덧 중학생이 되었건만, 아직도 빗장을 내린

채 남편을 보내지 못하고 있는 친구, 이 밤도 베란다에 서서 아들을 기다리며 저 달을 보고 있겠지. 아들의 앞날을 염원하며 남편을 그리워하며. 어쩌면 함께 하자던 맹세를 저버린 남편을 원망이라도 하고 있을까?

발길은 상념을 신고 애수교愛水橋로 향했다. 호수 위로 드리워진 난간 끝에 앉아 발을 내리면 마치 물 위에 앉아있는 것 같다. 그래서 붙여진 이름인가? 물을 건너라고 다리가 있을진대 애수교는 정녕 더 가까이 물과 사귀게 하는 묘한 마력을 지닌다.

연인들의 데이트를 방해하고 싶지 않아 한 쪽으로 비켜 앉으며 발을 내렸다.

도시가 고스란히 내려앉은 호수, 잘 맞춰 놓은 조각 퍼즐처럼 저마다 그림자를 꼭 껴안고 있다. 아파트의 불빛과 찌개 냄새도 녹아있고, 내달리던 자동차와 연습 중인 초보자의 섹소폰 소리도 스며있다. 연인들의 속삭임과 친구를 떠올리게 하는 저 달빛도 부드럽게 내려앉는다. 호수는 이 모든 도심의 하루를 살뜰히 다독여서 아침이면 다시 세상 속으로 내보낸다. 마치 새 옷을 입혀 출근을 시키듯이.

얼마나 시간이 지났을까? 이슬을 먹은 바람이 제법 촉촉하다. 어느 샌가 달무리는 사라지고 달만 바람을 따라가고 있다. 그래 친구야, 너도 이제 빗장 밖으로 나오렴. 저 달처럼.

흐르는 물결에 시선을 얹어 두면 애수교의 난간은 그대로 유람선이다. 무시로 찾아와 쏟아 놓는 내 삶의 애환들, 일일이 받아주고 다독여주는 호수공원이 있기에 나의 타향 생활이 그래도 따뜻하다.

여백

최선의 정리는 버리기라고 했던가. 쓰지 않는 것, 필요 없는 것부터 버려 공간 확보가 우선 되어야겠기에 생긴 말일 것이다.

살림이 젬병인 나는 특히 정리정돈을 잘하지 못한다. 멀쩡한 것을 버린다는 것은 내게 너무나도 힘든 일이다. 누군가에게 유용하게 쓰일 거라면서 마음을 달래며 꺼냈다가도 결국은 제자리다. 수납공간마다 꽉 차지 않은 곳이 없다. 그러다 보니 이제 버리는 일은 늘 '해야 될 텐데'가 되어 가슴을 짓누르고 있다.

그러던 차 누군가의 갑작스런 방문 소식은 버린다는 생각이 작동할 여지를 주지 않는다. 임무가 있을 뿐 고민 없는 손발이 내 것이 아닌 양 춤을 추는 듯하다.

나름의 의미와 이유로 자리 차지하고 버티던 것들을 하나둘씩 빼어내니 시야도 개운해지고 답답하던 가슴 한 켠도 홀가분해진다. 여백이 생긴 것이다.

여백은 마음을 푸근하게 하여 따뜻한 시선으로 사물을 볼 수 있게 한다. 공간의 빈 곳이 여백이라면 마음의 여백은 여유이다. 여백은 여유를 낳아 유연한 생각으로 사고를 확장시키고, 상상과 사색으로 온갖 재료를 끄집어내어 행복을 요리하게 한다. 동양의 예술이나 생활철학이 여백을 중시하는 이유도 이 때문이 아닐까 싶다.

내친김에 행주치마를 둘렀다. 식구들의 아침을 챙겨낸 컵과 그릇, 칼과 도마들이 시위라도 하는 것만 같다.

뽁뽁 촤아. 마법에 걸린 듯 생각이 거품을 탄다. 반복되는 손놀림 따라 머릿속도 비어 간다. 개수대가 비워지고 물건들이 제자리를 찾으니 배선대도 네모 반듯 말쑥해진다.

세계 1위 부자 제프 베이조스와 빌 게이츠는 아무리 바빠도 하루 일과 중 설거지는 빼먹지 않는다고 했다. 설거지를 하면서 하루를 안정되게 마무리하고 그런 자신의 모습에 섹시함과 행복감을 느낀다는 것이다. 진정한 여유를 가진 사람이다.

餘(여)는 食(식)과 余(여)의 합성이다. 생존의 가장 원초적인 食을 해결한 배부른 상태를 말한다. 裕(유)는 衤(의)와 谷(곡)의 합성으로 폭이 넉넉한 여자의 주름치마를 말하며, 보다 근원적인 생명학적 의미로서는 여자가 자식을 많이 낳아 흐뭇한 상태, 즉 마음까지 부자인 상태를 말한다. 내 배가 부를 때 주변을 돌아보게 되고 나를 성찰하게 되는 여유가 생긴다. 나아가 이 여유는 보다 형이상학적인 욕구를 불러 예술 발생의 기본 모티브까지 되게 하는 것이다.

머릿속이 '하기 싫다, 해야 될 텐데'라는 생각조차 들지 않은, 차라리 여백으로 있었다면 나도 설거지를 세계 1위 부자의 생활 습관같이 승화시킬 수 있었을까.

별안간에 하게 된 집안 정리로 홀가분한* 머리와 가슴에 깊은 커피향이 스며든다. 쉬엄하던 비가 또 오려나 보다. 향수인 양 커피향을 휘감고 우산을 챙겨 호수공원으로 갔다.

유례없는 코로나19로 계절 없는 계절을 건너고 있는 요즘, 호수공원은 산소 같은 곳이다. 누구나에게 숨통을 트이게 하는 큰 위안이다. 나 역시 내 집 배꾸마당같이 가까워 무시로 가는 곳이다. 특히 비가 내리는 날엔 반바지와 샌들차림으로 물놀이 가듯 비 구경을 가곤 한다.

연꽃밭을 들어서자 짙은 어둠과 함께 비가 쏟아진다. 열두 폭 우산을 펼쳐들고 망연히 멈춰 섰다. 호수의 수면과 연잎을 두드리는 비보라의 한 판 사물놀이에 오리 가족도 물고기들도 분주히 비를 피해 사라진다.

점점 거칠게 퍼붓는 비, 시간이 멎은 듯 태초의 혼돈 속으로 세상이 갇혀버린 느낌이다. 한 덩이 뿌연 구름 속에 서있는 것만 같다.

천지가 다시 개벽을 하려는 걸까. 우연雨煙에 싸인 빗줄기 다발이 거대한 반고**의 다리가 되어 달구질에 여념이 없다. 삼 천 갑자甲子를 거친 일십팔만 년의 시간 동안 밀어 올리고 다져 내리며 흘린 반고의 땀방울이 달구비*** 되어 저리 세차게 내리치나 보다.

비가 잦아들며 하늘이 밝아온다. 호수인지 산책로인지, 나무인지 꽃인지 분간이 되지 않던 공원에 드디어 궁창이 열리고 땅이 생겼다. 나무는 진초록으로, 꽃은 꽃의 빛깔로, 새들은 경쾌한 목소리로 저마다 물기를 털어내고 있는 갓 목욕한 모습이다. 숨죽여 기다리던 물고기며 오리들이 언제 나타났는지, 호수의 연꽃밭은 오일장처럼 퍼덕거린다.

후르르, 무게를 털어내는 연하蓮荷에서 곡예를 타던 물방울이 쏟아진다. 조약돌만한 물방울만 연하에 남아 하얗게 반짝인다. 내리는 웃비에 채워지면 쏟고 결국 연하는 자기 힘에 맞는 양 만큼만 옴팡지게 안고 있지 않은가. 계영배처럼!

미니멀 라이프(minimal life)가 대세인 시대, 연하처럼 비우고 또 비워 여백을 만들 일이다. 생각이 너무 많아 머릿속이 복잡다면 생각도 비울 일이다. 집착이든 물욕이든 탐심이든 버릴 줄 알고 비울 줄 알 때 여백의 선순환이 일어나는 것이다.

낯익은 곡조가 흐른다.

'미스터 트롯' 정동원의 경연곡 '여백'이다.

　…

　전화기 충전은 잘하면서 내 삶은 충전하지 못하고 사네.
　마음에 여백이 없어서 인생을 쫓기듯 그렸네.

　하고 싶고 해야 될 것들로 꽉 차 버려 놓친 것들은 얼마나 될까.
머리와 가슴과 손발의 톱니가 맞지 않아 외려 부산했던 나날
들. 평생을 메고 가야할 바랑이라면 감당 못할 초과량은 저 연하
처럼 휘청휘청 털어내어 버리자. 지천명을 한참 넘은 지금에야 내
남은 삶에 여백의 프리즘을 세우고 있다.

　* 홀가로운(홀가롭다)→ 홀가분하다와 자유롭다의 합성어로 필자의
신조어. 수필 '자판기 커피 한 잔의 행복(2008년)'에서 처음 사용
　** 반고盤古→ 천지창조 신화에 등장하는 천지를 개벽한 거인
　*** 달구비→ 달구로 땅을 다지듯 굵고 세차게 내리는 비

부활

호로로 꽃봉오리 터지는 소리
사락사락 새순들의 덧칠하는 소리
산새와 개울물의 노래자랑 소리…

겨우내 가다듬었던 목소리로 산은 아름다운 교향곡을 연주합
니다. 그런데 그 향연 속에서 잎사귀 하나 틔우지 못한 채 죽은
듯한 나무가 있습니다. 길이 가파르거나 험난해서 뭔가를 붙잡
지 않으면 도저히 못 오르겠다 싶은 곳엔 꼭 한두 개씩 있는 나
무들. 다른 나무가 연주회를 벌일 때 땅속에서 더 힘껏 깍지 끼
고 뿌리를 내리며 산행객의 버팀목이 되고 이끎목이 되어주는

알몸의 가지들. 수많은 사람들에게 제 몸 다 바쳐 맨질맨질해진 가지에 온몸을 의지한 채 한 발짝을 떼는데 섬광처럼 스쳐갑니다.

아, 십자가!
진정한 부활을 했구나, 너도.

고갯길에서 만난 부엉이
G.Bell

친정엄마 1

　한창 내리쬐어 주어야 할 때 충분히 그러지 못한 것이 못내 미안한 듯 장마를 지낸 후의 새 볕은 혼신을 다해 제 몸을 사른다. 수확 때까지 얼마 남지 않은 동안이나마 곡식과 열매들이 잘 여물 수 있도록 바람도 보송보송, 하늘 역시 맑기가 그지없다.

　어머니께서는 가까운 밭에 가셨는지 보이지 않는다. 휑하지만 기쁨이 그렁그렁한 눈으로 언제나 반겨 주시던 아버지도 보이지 않는다. 다만 빈방에 장난기 같기도 하고 자상함 같기도 한 건강한 시절의 미소를 머금은 아버지의 영정과, 어머니의 생선고리와 전대가 말쑥한 모습으로 일광욕을 하는 양 온몸으로 햇살을 들이마시며 찾아온 자식과 손주를 반기실 뿐이다.

　어머니께서는 밭에 계셨다. 탐스럽게 잘 자란 푸성귀들과 한창

약이 오른 고추들이 짬짬이 들여다보신 어머니의 땀과 정성을 말해 주는 듯하다. 고추밭이 점점 빨갛게 물들고 그 고추가 마당의 멍석이나 지붕 위에서 바삭거리도록 제 몸의 물기를 다 버릴 즈음에야 가을은 끝이 난다.

작년까지만 해도 아버지와 함께 계셨던 자리에 혼자서 일하고 계신 어머니의 모습이 무척이나 안쓰러워 보인다. 둘러쓴 수건 안의 그을린 얼굴에도 쓸쓸함이 묻어있는 것 같아 마음이 아프다. 시골에 부모가 있는데 양식을 팔아먹는다는 게 말이 되냐며 한사코 쌀과 양념을 대주시던 아버지와 어머니. 언제부터인가 아버지의 기력이 농사를 감당하지 못하실 만큼 쇠잔해지신 이후로 친정의 가을걷이가 조금 달라졌었다. 추곡 수매를 마친 아버지께서 두툼한 호주머니에서 과자나 용돈을 꺼내 우리에게 하나씩 안겨주시며 흐뭇하게 깊어갔던 가을 대신 동네에서 벼를 팔아 아들딸네에게 쌀가마니를 내미시며 그제야 할 일을 다 하신 듯 엷은 미소가 번지던 안도의 가을로 바뀐 것이다.

올가을도 아버지 계실 때와 마찬가지로 그러실 모양이다. 모내기를 해서 김을 매고 타작을 하듯 어머니는 생선을 팔아 번 돈의 일부를 아들딸의 쌀독에다 차곡차곡 모으고 있다신다. "희야 니만 알고 있어라이, 느그는 시댁이 있은께네."

어머니께서는 기별 없이 찾아온 사위와 외손자들의 저녁상에 쓸 거라며 고추와 가지 애호박들을 따서 집으로 오셨다. 그리고 언제나 그러시듯 우물가에서 잘 마른 생선고리와 전대부터 챙기신다. 어머니와 함께한 어언 30년, 이젠 어머니의 분신이다. 자식을 품었다가 여읜 그 세월보다 더 오래도록 동고동락하지 않았던가!

그러고 보니 내일은 또 어머니께서 시골 장에 가시는 날이다. 모처럼 화장을 하고 예쁜 옷을 입고 아주머니들과 십 리 길에 수다를 쏟으며 다녀오시던 그 옛날의 장이 아니다. 몸뻬에 비린내 배인 전대를 앞치마 삼아 두르고 생선을 파는 생업의 장날이다.

성대를 떼어낸 아버지의 마지막 대수술 후 어머니는 생업에 뛰어드셨다. 막대한 병원비와 여섯 개의 책가방, 설상가상으로 형님이라고 손 빌리는 시동생을 외면할 수 없어 논 몇 마지기 값인 큰 돈을 빚을 내어 주었던 터라 집안 형편은 숨이 막힐 지경이었단다. 그 무거운 짐을 남편에게만 지울 수가 없어 어머니께서도 뭔가를 해야만 하셨던 것이다. 어느 날 충무에서 교편을 잡고 있던 큰딸에게 다니러 가셨다가 어시장을 가게 된 것이 계기가 되어 장사를 마음먹은 것이 오늘까지 이어진 것이라신다.

행여 자식 친구들이 볼까 노심초사했고, 남은 생선이 상하면 어쩌나 해서 막막했던 날도 있었고, 어둑해진 삽짝을 들어설 때 부엌에서 저녁 준비를 하고 있는 남편의 낯선 모습에 가슴이 저렸으며, "욕 봤제, 얼른 밥 묵어라"라고 쓴 수첩을 내밀며 수저를 쥐어주실 땐 마침내 눈물을 쏟고 말았다고 하신다.

처음엔 오일장이 서는 이웃네 고을 장을 다니시고, 남은 하루를 집에서 보내며 그간 손보지 못한 살림까지 챙기셨으니 어머니의 하루하루가 얼마나 고되셨을까? 그래도 매일 아침 책가방 들고 내미는 자식 손에 손수 버신 돈을 쥐여 줄 때의 그 뿌듯함이 모든 걸 견디게 했다신다.

그렇게 시작됐던 어머니의 장사는 우리들의 만류에도 아랑곳 않고 지금까지 계속되고 있다. 다만 설 추석 명절을 제외하곤 닷새 중 가까운 이틀만 장에 가시는 게 다를 뿐이다. 시장 옆이 바로 시댁인 나는 처음 얼마 동안 작은 명절날 시장에 계신 어머니께 인사를 가곤 했었다. 추석엔 덜하지만 설 대목엔 차라리 오지 말 것을 하는 후회가 밀려올 정도이다. 추운 겨울의 시골 장터, 동태보다도 더 꽁꽁 언 볼과, 트고 곱아 부지깽이같이 뻣뻣해진 손으로 생선을 매만지시는 어머니, 시장 좌판의 바람은 또 얼마나 매운지. 장갑을 끼면 생선이 행여 다칠세라 맨손으로 하나하나 다듬으시는 어머니. 어쩌면 젊은 날 당신의 어린아이를 만지듯, 혹은 어린 손자를 만지듯 온 정성을 들이는 어머니의 손놀림은 차라리 거룩하다. 그렇게 모은 돈으로 명절날 애썼다며 며느리와 손자들에게 세뱃돈을 주실 때의 그 표정을 난 잊을 수가 없다. 농사에 장사에 그 고운 피부는 어디로 갔는지, 유난히도 깊고 많은 주름살이 그 순간만큼은 공작이 날개를 활짝 펴는 듯, 장마 후 구름 사이로 햇살이 퍼지는 듯 옆에서 보는 우리들의 마음까지도 환히 피어나게 한다. 어쩌면 그 표정이 자식들의 만류를 자꾸만 접게 했을

지도 모른다.

"서울 강 서방이 왔네요. 우짜든지 저거 식구들 건강하게 잘 살 거로 해주소이. 내일 장사도 잘 되거로 해주고요…."

어머니께서는 아버지의 영정에다 인사를 하신다. 밝은 목소리에 생기가 느껴진다. 염색한 까만 머릿속으로 자라난 백발이 가슴을 친다. 그나마 정수리께엔 숱마저도 없다. 무수한 날을 무거운 생선 고리에 짓눌린 헌신적인 내 어머니의 삶의 역사다.

"엄마, 이제 제발 그만 하셔요, 연세도 있으신데."

농사를 놓지 못하는 것처럼 장사 또한 놓을 수가 없다신다. 자식들을 모두 불효자로 만들고 있다고 언성을 높여도 보지만 막무가내시다. 힘닿는 데까진 움직여서 자식들에게 짐이 되고 싶지 않다고 하신다. 특히나 손자들에게 용돈 주는 재미를 빼앗지 말라고 하시며 아이들에게 제법 큰돈을 쥐어주시는 어머니. 얼굴 가득 예의 그 웃음이 마루까지 파고드는 저녁 햇살처럼 눈부시다.

자판기 커피 한 잔의 행복

　종이컵을 감싸 쥔 손끝이 따뜻해진다. 체조선수의 요술 리본처럼 모락모락 피어나는 김이 속눈썹에 맺힌다. 순간 따스함은 목젖을 타고 온몸으로 흘러든다. 원두커피처럼 맑고 투명하진 않지만 일회용 믹서커피가 주는 넉넉한 향기에 온 몸의 감각은 서서히 깨어난다. 가까이서 들리는 소리는 아무 것도 없다. TV도 끄고 컴퓨터로 즐겨 듣는 카페 음악도 켜지 않은 상태다. 다만 커피 넘어가는 소리만이 잠시의 정적을 깰 뿐.

　따뜻하다는 것은 얼마나 좋은 일인가. 몸이 따뜻해지면 마음까지도 너그럽고 부드러워지는 것을. 비로소 나는 행복을 느끼며 온전한 휴식을 취하고 있는 것이다. 예쁜 도자기 컵을 두고서도 가끔씩 종이컵을 쓰는 것은 자판기 커피 맛을 제대로 느끼고 싶어서다.

한 때 나는 마치 커피 전문점처럼 일회용 믹서 커피를 종류별로 다 갖춰 놓았던 적이 있었다. 카페라떼, 카푸치노, 오리지널, 모카, 마일드, 그리고 헤즐럿향 커피에다 디카페인 커피까지. 그렇다고 손님이나 수다 친구들의 취향을 위한 것은 아니었다. 오로지 내가 나에게 베푸는 호사였다.

어린 아이를 키우는 엄마치고 그러지 않은 사람도 있을까마는 나의 얽매임은 너무도 지나쳤다. 아이가 잠들지 않고는 아무 것도 할 수 없었다. 책을 보는 것도 집안일을 하는 것도 심지어는 아이가 먹지 않으면 난 아무 것도 먹지를 못했다. 아이가 잠들어도 단지 내 상가에 잠시 다녀오는 것도 할 수가 없었고, 시댁을 갈 땐 족히 예닐곱 시간이 걸려도 화장실조차 가지 못하였다. 혹시나 아이를 훔쳐갈까 싶어 옆 사람에게 잠시 봐달라는 것도 두려웠기 때문이다. 그토록 노심초사하며 키웠으니 그 마음이 오죽했겠는가.

그러다가 남편에게 한 가지 제안을 했다. 휴일에 아이가 잠든 두어 시간 동안 내게 자유를 달라고. 그렇게 얻은 두 시간의 자유는 세상 그 무엇과도 바꿀 수 없는 소중한 것이었다. 아이는 배불리 우유를 먹고 잠이 들었고, 또 두 시간을 채 못자고 깬다 해도 아빠랑 잘 놀고 있을 터였다. 잔병을 앓는 편도 짜증이 있는 편도 아니었다. 울기는커녕 눈만 마주치면 웃어주던 참 예쁜 아이였다.

그동안 내가 하는 일은 언제나 정해져 있었다. 단지 내 상가 벤치에 앉아 자판기 커피를 마시는 일, 그리고 간단히 시장을 보고 오는 일. 사실 그 일은 삼사십 분이면 충분했다. 나머지 시간은 그냥 멍하니 앉아 있었다.

동전을 넣고 버튼을 누르면 세상에서 가장 맛있는 커피가 나온다. 커피와 크림과 설탕이 적당히 혼합되어 새로운 맛으로 탄생된 밀크커피는 뜨거운 김을 내며 나를 기다린다. 한 모금, 천천히 또 한 모금. 세상에서 가장 행복한 이 맛! 그제야 스스로도 이해하기 힘든 지나친 얽매임을 신기하게도 완전히 내려놓을 수가 있었다.

그때 내가 마신 것은 단순히 커피가 아니었다. 종이컵의 온기가 식어가는 속도와 눈앞에 떨어지고 있는 나뭇잎이 몇 개인지, 또 떨어지는 동안 나뭇잎은 어떻게 몸을 흔드는지, 모처럼 마음에 쏙 드는 헤어스타일에 미용실 문을 나서는 아줌마의 흡족한 표정…. 그런 생각들은 아이 뿐만 아니라 일상의 번잡함을 벗어나게 하는 진정한 홀가로움과 이후의 충만이었다. 그렇게 일주일에 한 번 있는 나의 휴식은 자판기 커피와 함께 뇌리 깊숙이 자리 잡아가고 있었던 것이다.

그 아이 이제 대학생이 되었고, 나 역시 어느 덧 인생의 중반부를 훌쩍 넘어섰건만, 삶은 쉬이 자유를 허락하지 않는다. 어쩌면 살아갈수록 더 깊은 질곡 속으로 엉켜가는 게 우리네 인생이 아닌지. 그럼에도 큰 탈 없이 살아가는 건 신이 우리에게 나이와 함께 엉킨 것을 푸는 지혜도 주신 덕분일 것이다. 마치 내가 자판기 커피 한잔만으로도 그 무거운 속박을 내려놓을 수 있었던 것처럼.

여유를 찾고 싶을 때, 잠시나마 자유와 행복을 느끼고 싶을 때 동전 몇 개를 들고 집을 나선다. 사람들의 왕래가 잦은 집 근처 작은 공원에서 커피를 빼들고 벤치에 앉는다. 그리곤 오가는 사람들조차 공원의 한 풍경으로 두고 물끄러미 시선을 던져두면 그 속으로 풍선처럼 가벼워진 삶이 하늘하늘 날아드는 것이다.

공원에 나가는 것마저 여의치 않을 때는 집에서도 지금처럼 종이컵에다 커피를 마신다. 하얀 김을 따라 피어오르는 풋풋한 초보 엄마 시절의 남편과 방싯방싯 웃는 내 첫아기를 추억하며.

/

2부

/

꿈을 다리다

눈빛 형형한 한 청년이 첫발을 들여 놓은 곳, 가장으로서의 삶을 다져나간 곳,
금융 자본의 올바른 성장을 주도하리라 다짐하며 꿈을 펼쳐 나간 곳, 한 남자의
이십대부터 오십대까지의 인생이 고스란히 스며있는 연수원은 온 열정을 바쳐
걸어온 남편의 가쁜 숨결을 서리서리 풀어놓고 있었다.

- 본문 〈꿈을 다리다〉 중에서

꿈을 다리다

카풀을 할까 전화를 하려다 그만두었다. 공기업이 아닌 이상 오십대에 들어서면 누구나 내 의사와 상관없이 퇴직을 염두에 두고 있는 것이 현실, 그녀도 나도 이미 그 반열에 들어선 남편의 아내이다. 올해 동행 역시 은행장의 인사를 시작으로 유명 강사의 강연과 인기 뮤지컬이 준비되어 있었다.

'아름다운 동행', 회사 발전에 배우자들의 내조가 큰 공이라며 은행장이 직접 감사 인사를 올린다는 취지로 해마다 있는 전국 부서장(지점장)급 이상의 배우자 초청 행사이다.

남편이 처음 부서장이 되던 해, 그런 일을 전혀 알지 못했던 내게 첫 초대장은 얼마나 큰 설렘이었던가. 누군가에겐 이별이 도사린 자리인 줄은, 또 나도 그 누구일 수 있다는 생각은 꿈에도 하지 못한 채 남편이 고맙고 자랑스럽기만 했었다. 수하들의 호위를 받으며 입장하는 은행장을 보면서 저 자리에 반드시 남편도 세우리라. 꿈을 안고 돌아오는 가슴은 또 얼마나 콩닥거렸던지.

연수원에서의 동행 역시 특별한 의미로 지금까지 새겨져 있다.

비를 가르며 버스가 도착했을 땐 우거진 신록이 오월을 흠뻑 적신 초록물을 푸들푸들 털어내고 있었다.

K연수원, 공교롭게도 입사하던 그 해에 연수원도 설립되어 남편은 첫 연수생이 되었고, 결혼도 그 때 했으니 연수원의 역사와 남편의 회사 근속과 우리의 결혼 햇수는 트리플 갑장인 셈이었다.

눈빛 형형한 한 청년이 신입사원으로 첫발을 들여 놓은 곳, 오랜 연인과의 결혼과 두 아이의 아빠가 되어 가장으로서의 삶을 다져나간 곳, 금융 자본의 올바른 성장을 주도하리라 다짐하며 꿈을 펼쳐 나간 곳, 한 남자의 이십대부터 오십대까지의 인생이 고스란히 스며있는 곳, 그렇게 연수원은 온 열정을 바쳐 걸어온 남편의 가쁜 숨결을 내 앞에 서리서리 풀어놓고 있었다. 뜻밖에 맞닥트린 직장인 남편의 행보 앞에서 먹먹해진 가슴을 폰에다 올려놓았던 날. '여보, 오늘 나 연수원에서 아주 멋진 한 남자를 만났네요.'

조직이나 직장을 말하는 한자 '職(직)'은 '耳(이)와 音(음)과 戈(과)'로 구성되어 있다. 귀와 입을 창으로 지키고 있는 모양새다. 들어도 못들은 척, 말하고 싶어도 함부로 옮겨서는 안 된다. 귀먹고 눈멀고 입 막고 삼 년이라는 시집살이랑 비슷하다. 그만큼 조심하라는 뜻일 게다. 한 가정의 식솔을 책임져야 하는 가장이니 기분 내키는 대로 다 할 수는 없다. 마음과 달리 자기를 낮추고 상대에게 나를 맞춰야 하는 경우도 많았을 것이다. 한자 '己(기)'가 바로 이러한 남자의 몸을 상형한 문자, 몸을 구부려 절하는 모습이다. '수신제가修身齊家'의 '신身'이 '개인적인 나'의 모습이라면 '수기치인修己治人'의 '기己'는 '사회인으로서의 나'의 모습이며, 비로소 치국평천하治國平天下를 꿈꿀 수 있는 진정한 남자의 모습일 것이다.

삼십 년에 가까운 직장 생활, 그 굴곡진 세월 동안 조직의 엄중함과 냉혹한 경쟁 속에서 희비의 교차로 때론 좌절하고, 다시 희망을 품으며 오늘까지 버티고 성장해온 남편이 아니던가.

현재 남편은 영업점에서 근무 중이다. 상대방의 마음뿐만 아니라 반드시 결과를 얻어야만 되는 업무의 특성상 지점장의 모든 역량과 리더십, 인간성까지도 실적으로 평가 받는다 해도 과언이 아니다. 입사 때부터 이십 여 년을 넘게 본점에서만 있었으니 제대로 적응하기가 쉽진 않을 것이다. 주량이 센 것도 넉살이 좋은 편도 못되는 사람이기에 그 수고가 더 크게 느껴진다.

"언니, 여기에요."

공연 1부가 끝난 휴식 시간, 반가운 목소리가 들린다. 연수원 동행 때 처음 만나 일 년에 한번 오월에 만나는 그녀이다. 부서장 배우자였던 그 때는 몰랐던 묘한 동지애가 느껴진다. 오래오래 동행

하고픈 사람이다.

"우리 내년에도 볼 수 있겠죠…?"

전철을 내리기 전 웃으며 건넨 그녀의 인사말이 작년과 달리 아프다.

셔츠를 꺼냈다. 다려 놓은 셔츠가 없는 것도 아니건만 굳이 다림질을 한다. '수기'와 '치인'으로 혹여 마음에 멍울 맺혔을라 뜨겁게 어루만진다. 목과 깃, 날개를 부드럽게 편다.

아, 아내는 지금 첫 동행 때 안고 왔던 그 꿈을 다리고 있다!

떠나는 生

G.Bell

봄은 어디에서 오는가

    봄은 누구에게나 공평하게 찾아오지만 맞이하는 모습은 사람마다 조금씩 다른 것 같다. 따스해진 햇살과 바람에서, 식탁에 오른 달래나 냉이, 거리의 여인들의 옷, 공원의 벤치 혹은 분주해진 신학기 교정의 아이들 소리 등 다양한 것에서 봄을 느끼게 된다.

    결혼하기 전까지 따뜻한 남쪽 시골에서 태어나고 자란 나의 봄은 언제나 아지랑이로 찾아오곤 했었다. 바로 산 밑의 집이라 마을에서 가장 높았던 친정집, 마루 끝에 서면 동네 어귀의 들판과 산봉우리들이 한 눈에 들어왔고, 해질녘이면 뭉게구름처럼 피어나는 저녁연기들로 한 폭의 그림이 되곤 했었다.

    입춘이 지나고 우수가 지나면 어느 샌가 들녘 끝에선 아지랑이가 피어나기 시작했다. 아지랑이는 봄의 전령이 되어 우리 네 자매를 유혹했었고 작은 소쿠리 옆에 끼고 해가 지도록 언덕을 누볐다. 여리디 여린 쑥은 다 합쳐도 그리 많지를 않았지만 종달새 같은 우리 자매의 웃음은 소쿠리 한가득 넘쳐났었다.

"아이구나, 벌써 쑥이 났구나. 우리 예삐들 애썼네."

해마다 엄마의 봄은 우리가 캐온 쑥 소쿠리에서 싹트기 시작하여 상에 올려진 쑥국을 먹고 있는 식구들의 얼굴을 보며 활짝 피어나곤 했었다. 그렇게 가장 먼저 우리집을 찾아온 봄날은 제법 통통해진 모양으로 서너 번의 쑥국이 더 끓여질 무렵이면 뒷산의 진달래와 함께 온통 꽃분홍으로 무르익어 갔다.

남편 따라 서울로 올라와 도회지 생활을 한 지도 오랜 세월이 흐르고 있다. 시골에서 민감하게 계절을 느끼면서 지냈던 때와는 달리 아파트 생활은 아무래도 계절에 둔감하다. 저녁 시장에 나가거나 잠깐 집밖을 나가곤 하는 내겐 발코니의 화초에서 문득 봄인가 싶다가, 또 가을인가 싶다가 어쩌다 밖에 나가보면 계절은 어느 샌가 한창을 달리고 있었기에 대개는 계절이 오는 첫소리를 놓치곤 했었다.

어느 날 저녁 준비를 위해 집을 나섰다. 공원길을 걸어가는데 할머니 한 분이 야채를 팔고 계셨다. 상추와 얼갈이, 유챗잎, 깻잎, 애호박, 그리고 한 쪽에 놓인 파스텔 톤 연초록의 어린 쑥! 나도 모르게 탄성이 나왔다. 백화점에서 보았던 것과는 사뭇 달랐다. 삐쩍 마르고 키만 큰 것이 모양부터가 실망시켜 한 번도 사 본 적이 없었다. 그런데 지금 눈앞에 있는 것은 어린 시절 바로 그 쑥인 것이다. 잠시 엄마의 요리법을 떠올려 보았다. 숭숭 다져 넣은 개조개와 홍합살이 끓고 있는 국물에다 들깨와 불린 생쌀을 갈아서 살짝 으깬 쑥과 함께 넣고 한 소끔 더 끓이면 맛있는 영양 쑥국이 된다.

할머니에게서 쑥을 샀다. 다 사고 싶었지만 혹여 나 같은 촌뜨기 아줌마에게 향수를 나눠주고 싶어 좀 남겨 두었다. 어느 집에선가 피어오를 저녁 식탁의 향기를 상상하며.

아, 얼마만인가. 계절이 오는 첫 속살거림이 들려오고 있었다. 파르스름하던 그 들녘 끝으로 봄이 오고 있었고, 쑥물이 까맣게 배인 손톱도 떠오르고 있었다. "역시 쑥국은 당신이 최고야." 사랑 가득한 눈길로 엄마를 칭찬하시던 아버지의 얼굴 위로 남편의 얼굴도 떠오르고 있었다.

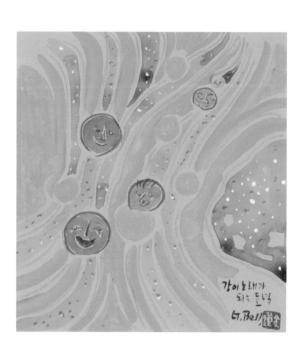

강이 노래가
되는 둔덕

G. Bell 健全

묵향을 바라며

백화점 한 쪽에 있는 페스트 푸드에서 커피를 마시고 있던 내 눈에 어떤 풍경이 들어온다. 아니 무심코 있었던 마음으로 들어왔다고나 할까.

등산복 코너에서 가만가만한 움직임으로 티셔츠를 고르고 있는 할아버지와 할머니. 아무래도 칠순은 되어 보였다. 옷을 대어 보는 할머니와 흐뭇하게 고개를 끄덕이면서 어떤가를 봐주고 계신 할아버지. 서로를 바라보는 시선이 그렇게 따사로울 수가 없다. 푸근하면서도 애교스런 눈빛을 가진 할머니와 그런 할머니를 이 세상에서 가장 귀한 보물을 대하듯 시선을 떼어놓지 못하고 계신 할아버지. 행복의 향내가 솔솔 풍겨져 나오는 듯했다. 그것은 아름다운 꽃처럼 향기로웠다.

할머니의 눈빛이 순간 반짝이는가 싶더니 티셔츠 하나를 할아버지의 몸에다 대어보셨다. 화사한 감색이 할아버지의 얼굴을 환하게 피게 한다. 고개를 내젓던 할아버지는 아내의 고운 눈 흘김 한 번으로 이내 미소 띤 얼굴이다.

새 셔츠로 갈아입으신 두 분은 육교를 건너 백화점 바로 옆의 정발산으로 향했다. 내가 산에 오르기 전에 잠깐 커피를 마시러 온 것처럼 할아버지 부부도 먼저 백화점을 들르신 모양이다.

도심 한가운데 자리한 산은 차라리 좀 높은 언덕이라 하는 편이 더 어울릴 듯싶다. 땅 위에다 덮어놓은 솥뚜껑처럼 솟은 듯 아닌 듯 완만한 언덕배기 산, 그래서 붙여진 이름이라 한다. 굳이 큰 마음을 먹지 않아도, 등산 차림을 하지 않고도 동네 마실 나가듯 얼마든지 다녀올 수 있는 곳, 그래서 흔히들 정발산 공원이라고 부른다. 어린 아이와 할아버지 할머니, 장애우와 재활치료중인 환자, 심지어 임산부까지. 마치 커다란 가마솥의 밥을 퍼주듯 넉넉한 마음으로 정발산은 모든 사람들의 육신과 마음을 보듬어주고 있다.

할아버지와 할머니는 천천히 산을 오르셨다. 비탈진 곳이 나올 때마다 할아버지는 손을 내밀었고 할머니는 말없이 잡으셨다. 땀이 맺힌 두 분의 주름진 얼굴에 햇살 받은 미소가 반짝였다. 중간쯤 벤치에서 잠시 쉬어가실 모양이다. 두 분의 모습이 보기 좋으시다는 말에 할아버지께서 빙그레 웃으셨다.

그 분들께도 살아오는 동안 갈등과 반목으로 돌아누운 적이 왜 없었겠는가! 때로는 목숨을 끊어버리고 싶었던 적이 어찌 없었겠는가! 그런 것들을 다 이겨내며 함께 해온 그들이기에 노인이란 자체만으로도 존경받아 마땅한 일이다. 더구나 건강도 유지하고 계시다면 자기 관리와 서로에 대한 배려를 얼마나 잘하면서 살아온 것인가.

그러기에 노부부에겐 향기가 있다. 그 어떤 향수보다도 아름다운 인생의 향기가 있다. 파리하던 귀밑머리 백발이 다 되도록 해로한 세월의 향기. 그 속엔 희로애락과 함께 시나브로 쌓여진 삶의 향기가 풍긴다. 그것은 은은하면서도 깊은 묵향이다.

젊은 부부가 유화라면 노부부는 수묵화일 것이다. 오욕칠정의 혈기와 그로 인한 다툼과 화해의 형형색색을 유화가 아니라면 어찌 다 표현할 수 있을까? 그러나 노부부의 삶은 먹물하나로도 충분하다. 불혹을 지나 천명을 알고, 섭리에 자연스레 순응하게 된다는 이순을 지나면서 터득한 삶의 지혜처럼 다만 농도를 조정하는 것만으로도 그들의 삶은 충분히 표현된다.

그 그림은 너무 호사스럽지도 않고 궁색하지도 않다. 어쩌면 검고 흰 그 단순한 색상 속에서 우리는 훨씬 더 많은 것을 느낄 지도 모른다. 검정은 단순한 검은 색이 아니요 흰색 또한 그냥 흰색이 아니다. 가슴 속이 까맣게 타들어가도록 숨 가쁘게 살아온 세월이며, 때론 견디다 못해 하얗게 질려버린 좌절감에서 구해준 공

허의 한 켠이기도 하다. 젊은 날의 성급함과 뾰족함을 참고 이겨
낸 온유의 경지에서 지긋이 교차하는 서로의 눈길이기도 하다.

그러므로 수묵화엔 우리가 미처 알지 못하는 더 많은 색상이
있을지도 모른다. 부부가 해로한다는 건 어쩌면 그 색상을 찾아
화가가 되어 함께 떠나는 여행이 아닐까?

할아버지와 할머니는 다시 걷기 시작하셨다.

늦가을의 산속은 단풍과 낙엽, 바람과 햇살이 알맞게 어우러져
있었고, 그 속에서 오르내리고 있는 사람들은 꽃으로 피어나 하늘
거리고 있었다. 할아버지 부부에게서 배어나오는 그 묵향이 내 몸
에도 스며들기를 바라며 나도 천천히 따라 걸었다.

친정엄마 2

"요보세요?"

전화기를 타고 흘러오는 엄마의 목소리가 어쩐지 높아진 것 같다. 주변의 벅적대는 기류 또한 전에 없이 활기가 묻어난다.

"어디세요 엄마? 이상하네. 다시 시장 나가신 거야?."

순간 주춤하시는 엄마의 모습이 천 리나 떨어진 공간을 싹 지우며 눈앞인 듯 다가온다. 기어이 다시 하시냐고 높아지려는 언성을 간신히 누르며 난 애매한 웃음을 허허대고 만다.

"허허허. 우리 희야 덕분에 또 웃네. 허허허."

딸이 웃는 이유를 잘 아는 까닭에 엄마도 너털웃음으로 받으신다.

30년이란 긴 세월을 그렇게 고생하셨으면 이제 덧정이나 있을까 싶은데 엄마는 추석 대목에 맞춰 기어이 그 길을 다시 나서신 것이다. 그냥 놀이 삼아 조금씩 할 테니 걱정마라 하신다.

아버지 기일에 우리 육남매는 그간 말로만 그쳤던 일을 드디어 실행에 옮길 수가 있었다. 알아서 한다며 고집을 부리던 엄마가 결국 자식들의 뜻을 받아들이신 것이다. 칠 년 전 아버지의 옷가지를 태웠던 그 자리에 우리는 다시 불을 지폈다. 이제야 엄마가 그 고된 일을 그만두기로 했다며 아버지께 고하고 또 고했다. 생선을 이고 다녔던 큰 대야와 갖가지 어패류를 올리고 좌판에 가지런히 자리했었던 크고 작은 채반들이 불더미 속에서 검은 재를 뿜으며 일그러져 갈 때 어느 샌가 엄마의 눈가를 적셔 돌던 눈물. 남편을 도와 시장 바닥에서 함께 자식을 길러낸 엄마의 분신이었다. 고락과 애환이 고스란히 꿈으로 스며있는 엄마의 청춘과 역사였다. 우리는 다비식을 치르듯 까맣게 타오르는 연기 속에서 한 여자의 일생과 꿈을, 그리고 자신의 분신을 보내는 엄마의 만감 서린 눈동자를 사리를 줍듯 소중히 각자의 가슴에 새겨 넣었었다.

그렇게도 어렵사리 접었던 일이건만, 엄마는 반년도 못되어 결국 다시 시장 할머니가 되신 모양이다.

가끔씩 엄마가 서울 딸네 나들이랍시고 우리 집에 오실 때면 난 극장에 가서 영화를 보여드리기도 하고, 대학로 소극장에서 연극을 보여드리기도 했었다. 엄마가 해보지 못했던 것을 해드리고 싶은 마음에서였다. 서울 구경보다 더 좋다며 얼마나 좋아하시던

지. 엄마 이야기를 쓴 내 글을 읽어 드릴 때는 특히나 더 좋아하셨다. 눈물을 글썽이며 또 다른 것도 읽어 달라시던 엄마. 동생이 쓴 시를 읽어드릴 때와는 사뭇 달랐다. 시가 뭔 지 잘 알지 못하는 엄마에게 수필의 직접적인 표현은 시와는 달리 아무런 설명 없이도 엄마의 가슴에 그대로 파고들었던 모양이다. 선생님 앞에 앉은 모범 학생처럼 두 손을 맞잡고 가지런히 앉아 귀를 세우고 있는 엄마에게서 나는 문득 소녀가 되어있는 엄마를 볼 수 있었다.

엄마의 꿈은 뭐였냐는 느닷없는 물음에 그저 자식들만 잘 되면 된다고 하셨다. 그런 것 말고 어릴 때 뭐가 되고 싶었는지, 이제는 뭐가 하고 싶은지를 한사코 묻는 딸에게 엄마는 대답하셨다. 학교를 많이 가서 똑똑한 사람이 되고 싶었고, 칭찬받는 자식을 갖고 싶었다고. 그리고 지금은 천 리 만 리 세상 구경을 다니고 싶다 하셨다. 그러더니 잠시 망설이다 말끝을 흐리셨다.

"사실은 동창회에 가봤으면 싶다. 한 번이라도. 진짜."

아…!

위로 오빠 셋, 막내 오빠의 고등학교 교복을 위안 삼으며, 다니던 학교와 꿈을 접어야했던 소녀가 엄마의 눈동자에서 아롱지고 있었다. 함께 졸업하진 못했지만 그래도 몇 년을 같이 공부한 친구들이 곱게 차려입고 동창회를 가는 모습은 정말 부러웠다고 하셨다. 졸업장은 하나 없어도 한글과 셈을 할 줄 아시는 까닭에 그런 대답은 충격이었다. 울음을 참느라 목울대가 아팠다. 먹먹해진 목소리로 당장 면사무소에 있는 노인 대학이라도 보내드리겠다는 딸의 말에 엄마는 손사래를 치셨다. "안 할란다. 나는 아직 각시다. 순 영감들뿐인 거어 가서 우짜거로." 엄마의 유머에 모녀는 마주 보며 큰 소리로 웃었다. 돈 걱정 말고 여행이라도 많이 다니시라는 말밖에 할 수가 없었다. 그래도 동네 사람들은 엄마를 복 많은 사람이라고 부러워하신단다. 난 그 때 처음 알았었다. 내가 지나온 것처럼 엄마에게도 유년과 소년과 청년시절이 있었음을. 모양만 다를 뿐 내가 걷고 있는 길을 엄마도 똑같이 걸어왔던 여자였음을!

여자는 태생적으로, 아니 태초부터 꿈을 안고 태어난다는 것을 옛 선인들은 문자로 잘 설명하고 있다. 글자 女(여)는 여자가 다리를 다소곳이 모은 단정한 모양을 상형한 것이라고 한다. 순정한 사랑을 꿈꾸며, 생명 창조의 원천인 태양의 씨(爻-효)를 태중胎中에 오롯이 받아 새 생명의 탄생을 꿈꾼다. 나아가 온 정성과 헌신을 바치며 그 생명이 자라 위대한 지도자가 되기를 꿈꾼다. 그리하여 마침내 지도자가 되었을 때 여자는 제왕이 아닌 모후母后로서 또 다시 염원하며 꿈꾼다. 그 생명이 바른 지도자의 길로 걸어가기를! 그러므로 女의 문자학적 의미는 다리만이 아닌 온몸과 맘으로 '꿈'을 안고 있는 여자의 모습인 것이다.

엄마 역시 꿈을 꾸는 여자란 사실을 왜 한 번도 생각지 못했을까? 엄마가 걸어온 여자의 길이 문자 女가 태초부터 안고 있었던 가장 근원적이고 궁극적인 꿈이란 걸 왜 여태 몰랐을까?

엄마는 예전처럼 오일장 중 가까운 두 장만 나간다고 하신다. 쉬엄쉬엄 채마밭이나 돌보고 이집 저집 마실 다니며 편하게 지내시면 좋으련만 엄마는 그렇지가 않으신가 보다. 몸은 비록 고되더라도 고무공 퉁기듯 탄력 넘치는 시장에서 땀 흘렸던 그 때가 더 사는 것 같았다고 하신다. 그리고 엄마는 큰 비밀을 얘기하듯 조심스레 얘기하신다. 이제부터 버는 돈은 막내 동생이 하고 있는 소년소녀 가장 돕기 후원금으로 쓰실 거라고. 그 아이들이 졸업을 못해 당신처럼 동창회에 갈 수 없게 되면 안 된다고 하신다. 그 아이들이 꼭 훌륭한 사람이 될 거라고 하신다.

젊은 날 오직 자식들의 책가방을 생각하며 매만졌던 생선을 이젠 얼굴도 모르는 그 아이들을 위해 다시 만지시겠다는 우리 엄마. 문자 女가 안고 있었던 그 꿈을 다시 안은 일흔넷의 우리 엄마는 누가 뭐래도 가장 아름다운 태초의 여자이다.

젊은시절의 어매 참고웠호네
G. Bell.

어떤 스승

　깨끗한 얼굴에 아직 어린 티가 가시지 않은 걸 보니 사회 초년 생인 듯하다. 다소곳이 고개 숙이며 깍듯이 하는 인사가 예쁜 얼 굴을 더욱 돋보이게 한다. 아가씨는 필요한 화장품을 몇 개를 구 입하고는 예쁘게 인사를 하고 나간다. 넌지시 보는 내 눈빛의 의 미를 알아챘는지 주인은 얘기를 시작한다.

　몇 년 전, 고등학교 일 학년쯤으로 보이는 여학생 너댓 명이 화 장품 가게로 몰려왔다. 앞을 가리고 서서는 이 것 저 것 묻기도 하 고 만지기도 하며 정신을 산란케 했다. 그러는 새 어느 학생이 향 수 하나를 슬그머니 가방 속에 넣고 나가는 것이 아닌가. 다른 학 생들도 살 듯이 하던 화장품들을 놓고 따라 나가 버렸다. 얼른 뒤

쫓아 나가 일행을 다 불러들인 뒤 자초지종을 얘기하고는 학생들을 돌려보냈다.

가방 속에 계산하지 않은 향수가 들어있다는 사실과 누구라고 밝히지 않고 양심에 맡길 테니 이 담에 돈 벌면 갚으라고 했다. 대신 부탁 하나 꼭 들어달라고 했고, 학생들은 그렇게 하겠다고 약속을 했다. 그 부탁은 다름 아닌 다시는 그런 행동을 하지 말라는 엄중한 충고였다.

다음 날 잠시 자리 비운 사이 그 여학생은 향수 값을 놓고 갔다. '아줌마, 고맙습니다. 잊지 않을게요.'라고 쓴 짤막한 쪽지와 함께.

세월이 지나 까맣게 잊고 있었던 어느 날, 단정하게 차려 입은 아가씨 손님이 향수를 사고는 "전에도 몇 번 왔었어요. 다른 분이 계시기에 아줌마를 영영 못 만나나 했었죠." 수줍게 말하는 그 아가씨의 얼굴 위로 몇 년 전 그 여학생의 빨개지던 얼굴이 스쳐갔지만 짐짓 모른 체했다.

"참 얌전하고 반듯하죠? 무안을 주거나 혼내지 않은 게 정말 잘했구나 싶어요. 만약 그 때 내 컨디션이 안 좋았다면 어떻게 했을까요? 생각해 보면 저는 그게 너무 고마워요. 그 날 내 상태가 나쁘지 않아 그렇게 할 수 있었다는 것. 한편으론 미안하기도 하죠. 사실 보내면서도 다시 오리란 생각을 안 했거든요."

정말 현명하게 잘 대처했다고, 가슴이 따뜻한 사람이라 그럴 수 있었을 거라고 말하자 아니라며 겸손히 손사래를 쳤다. 그런 아줌마의 모습에서 문득 또 다른 한 아줌마의 얼굴이 떠오른다. 가슴 저 깊숙한 곳 어린 초등학생의 모습과 함께.

동네에 과자 가게가 하나 더 생겼다. 신작로에 있던 큰 가게보다야 규모가 훨씬 작지만 그래도 아이들의 군것질거리는 충분히 갖추어진 가게였다. 그 때 한 봉에 십 원하는 별 과자가 새로 나왔다. 어느 날 밤, 십 원을 들고 과자 사러 갔더니 가게의 불은 꺼져 있는데도 문은 잠겨있지 않았다. 어린 학생은 조심스레 문을 열고 주인을 불렀고, 주인은 많이 아팠던지 신음 같은 소리로 가져가라는 말을 가까스로 했었다. 뜻밖에도 그 아이는 십 원을 놓고는 두 봉지를 들고 나왔다. 쿵덕쿵덕 가슴방아에 아이는 그 별과자를 끝내 먹지 못하고 다음 날 아침 엄마께 울면서 사실을 고백했다. 엄마는 말없이 머리를 쓰다듬으시며 십 원을 더 주셨고, 아이는 더 크게 뛰는 가슴방아 소리를 들으며 가게 문틈에다 십 원을 끼워놓고는 도망치듯 돌아왔다.

아이는 철이 들면서 자기의 잘못된 행동도 그러려니와 아픈 사람을 상대로 나쁜 짓을 했다는 게 더 부끄러웠다. 그렇게 반성을 하며 어른이 되었고, 지금 중학생이 된 두 남학생의 엄마가 되어 그 때와 비슷한 얘기를 듣고 있다.

멀지 않은 날, 이 두 얘기를 우리 아이들에게도 들려줄 참이다.

특별한 결혼기념일

"미안하구나, 사실은 기억을 못하고 있다. 너거 어머니도 마찬가지고….."

뜬금없는 며느리의 전화에 아버님의 목소리가 잦아드신다. 그런 걸 다 챙겨주니 고맙다는 말씀도 빼놓지 않으신다. 올봄에 칠순을 지내신 아버님. 살아오시는 동안 결혼기념일이란 걸 특별히 생각해본 적이 없었던 모양이다. 그것은 비단 우리 시부모만 그런 게 아니었다. 언제까지 파종을 하고 또 언제까지 거둬들여야 하는지, 물대기며 김매기, 농사라는 것이 자식 키우는 것만큼이나 정성을 쏟아야 하니 차라리 절기와 세시풍속이 더 중요했을 지도 모른다. 더구나 맏이로서 부모님 생신과 조상들의 제사, 그리고 동생들과 자식들의 생일, 그런 것을 일일이 다 챙기셔야 했으니 지나간 당신들의 결혼 날짜를 어찌 챙길 수 있었겠는가.

라디오에서 흘러나오는 어느 청년의 부모 결혼기념일 축하 사연을 듣게 되었다. '아, 그래. 부모님들에게도 결혼기념일이란 게 있었구나.' 딱 꼬집어 말할 수 없는 어떤 감상에 가슴이 먹먹해져 왔다. 해마다 남편이 빠뜨리기라도 할까봐 며칠 전부터 잔뜩 신경을 세워 보내곤 하면서 부모님에게도 결혼기념일이 있을 거란 생각을 왜 한 번도 못해 봤을까? 여자인 어머니조차도 아예 날짜 자체를 잊으셨을 거라곤 생각지도 못했었다.

요즘이야 시즌이 따로 없다시피 되었지만, 내가 어렸을 때까지만 해도 결혼식은 주로 겨울철에 했었다. 냉장고가 없어도 음식이 상할 염려가 없었고, 농한기라 도와줄 일손이 많아서도 좋았다. 햅쌀로써 보내고 맞이하는 신랑신부와 하객들에게 윤기 도는 밥과 떡국을 대접할 수 있어 더없이 좋은 계절이었다.

아직 겨울이 오기 전이니 부모님의 결혼 날도 당연히 지나지 않았으리라 확신하며 전화를 드렸던 것이다. 잠시 당혹스러웠다. 당신의 결혼 날짜를 기억 못하시는 것이 왜 자식에게 미안하단 말인가? 그러나 이내 알아차렸다. 그 미안한 마음은 어머님께로 향한 것임을. 아내에게 사랑한다는 말보다 어쩜 더 어려웠던 것이 미안하다는 말이었을 것이다.

육남매의 장남인 당신께 시집오시던 때 막내인 시동생의 나이 겨우 네 살이었다 한다. 그 시동생의 막내아들이 대학생이 된 지금이다. 시부모 모시고 동생들 결혼시키며 그 많은 세월을 함께 해온 사람, 오죽했으면 결혼 날짜까지 잊어버린 여자. 그런 아내에게 아버님은 미안하단 말을 차마 못하시고 에둘러 며느리에게 처음으로 그런 말씀을 하고 계신 것이다.

요즘 아범이 부모님 모시고 공연장에라도 가고 싶어 한다는 얘기, 대형 가족사진도 찍고 싶다는 말을 자주한다는 얘기, 아무래도 철이 든 것 같다는 얘기… 괜스레 수선스런 목소리로 태연한 척 전화통에다 수다를 늘어놓았지만 마음이 짜안해짐을 어쩔 수가 없다.

당신들께도 그런 날이 있었을 것이었다. 사랑의 설렘과 애틋함에 귓불이 빨개지기도 했을 테고, 기다림이 촛불처럼 타들어가던 때도 있었을 터였다. 자식에게서 당신의 못 다한 꿈을 가져 보기도 하고 때론 몰래 눈물을 훔치기도 했었던 그런 시절, 지금의 우리와 똑같은 젊은 시절이 분명 있었을 것이었다. 자식을 다 여읜 후의 노년기가 되면 다시 새록새록 솟는 것이 부부의 정이라 했던가.

어쩌면 지금쯤엔 가슴 속에 묻어두었던 사연들을 단둘이 풀어내고 계실 지도 모를 일이다. "방 안이 다 맵네. 얼른 까고 치워야겠다." 안살림이라곤 모르던 아버님은 마늘 소쿠리를 슬그머니 당기시고, "오늘 따라 마늘이 와 이리 맵노." 핑계 대며 어머님은 소매 끝으로 눈물을 훔치고 계실 지도 모를 일이다. 그렇게 부부는 아슴아슴 속정을 풀어내고 계실 지도 모를 일이다.

어떤 날이 좋을까? 내친 김에 날짜를 아예 잡아버리자.

음력 시월 보름 시제 날 지난 토요일이 가장 좋을 것 같다. 가을걷이도 끝나고 김장 때 까진 큰일도 없을 때다. 한 해 농사동안 고단했던 몸과 마음을 온천에라도 녹이고 오시면 좋겠다 싶다. 날짜가 아니라 요일로 정한 것은 사남매 온가족이 다 모여 축하 속에서 일박 이일 결혼기념 여행을 보내드리고 싶어서다. 그러고 보니 올해 며칠 전에 지나가 버렸다. 그래도 처음이니만큼 그냥 지나칠 순 없다. 다가오는 주말엔 꼭 찾아뵙고 실행에 옮기리라.

내년엔 언제가 되려나? 마침 새 달력이 있다.

12월 5일, 특별히 눈에 더 잘 띄도록 빨간 별을 그렸다. 그리고 그 별 속에다 '강오경 군과 김명자 양 결혼기념일!'이라고 크게 써넣었다. 순간 아버님 어머님의 아득해진 모습 속으로 아리따운 선남선녀, 젊은 그들의 콩닥이는 가슴이 별빛을 따라 춤을 추고 있었다.

길나들이-임진강 트레킹

흐르는 것이 어디 강물뿐이랴. 햇살이 흐르고 바람도 흐르고 역사도 흐르고 그 깊은 심연을 돌아 우리들 마음도 흐르는 것을. 흐르는 수면 위에선 바람이 빗살로 머물고, 햇살이 쉬어가고 우리들 탄성은 침묵이 되어 강물 속으로 침잠한다. 그렇게 흐르고 머물고 돌아 바람은 겨울 깊숙한 곳에서 가장 알맞게 계절을 풀어내고 있다. 하늘을 보라. 강물을 보라. 태초에서 아득히 이어져 온 저 강변 길을 보라. 저 밭이랑 속으로 끝없이 도란거리는 우리들의 동화를 보라. 갈대 사이로 동화를 엿듣고 있는 저 구름을 보라. 이 모든 것은 멈추는 듯 흐르고 흐르는 듯 멈추는 바람의 영혼과 몸짓이거늘, 또한 그 바람마저도 온몸으로 안고 도는 강의 침묵이거늘.

임진강은 침묵하며 모든 것을 안고서 서해로 흘러가고 있다. 폭파된 천안함과 함께 수몰된 젊은 병사들의 뜨거운 넋과 주민들의 공포마저 삼켜버린 연평도의 포성과 언젠가 예고 없는 많은 방류로 가슴을 철렁 내려앉게 했던 사건들을 아는 지 모르는 지 강물은 그저 침묵하며 분단된 조국 산하를 끌어안고서 바다로 바다로 흘러가고 있다.

물길이 닿지 않는 양지 바른 곳엔 선사인들의 돌무덤이 있다. 규모가 제법 큰 것으로 보아 아마도 치열한 전쟁에서 전사한 자들을 그대로 합장한 것이라고 오늘날의 역사인은 짐작하여 문화재라 이름 지었을 뿐 죽은 자들은 말도 글도 없다.

강은 역사의 이전을 훨씬 거슬러 태초부터 사람들의 삶의 터전이다. 임진강 역시 마찬가지다. 물길이 직선으로 곧장 흘러버리지 않고 굽이굽이 휘돌며 흙을 퇴적시켜 기름진 땅을 만들어 주었기에 임진강은 언제나 어머니의 젖줄 같은 것이었다. 또한 생활에 필요한 것이라면 무엇이든 운송해주는 역할까지 해주었었다. 임진강을 따라 백제는 남하했고, 고구려와 신라는 임진강을 두고 서로를 공격했으며, 고려와 조선은 강을 건너 두 수도 한양과 개경을 오갔다. 그리고 지금은 분단의 현장이자 이를 극복하는 평화의 상징으로 임진강이 흐르고 있다. 이렇듯 사람들은 강을 차지하려고 갈등하며 반목하며 급기야는 전쟁마저 불사했던 것이다. 그럼에도 강은 말없이 그 상처마저 깊이 끌어안고 있다.

강 둔치엔 수확을 거부당한 채 밭고랑을 붙들고 있는 배추의 낮은 몸짓이 처연히 겨울바람을 안고 있다. 파종 후 화학 비료는 물론 인공의 그 어떤 것도 먹지 않은 순전히 강과 하늘이 키워낸 무공해 배추다. 한 차례 겪은 한파로 겉잎이 얼어 있다. 지금 거두지 않으면 배추는 영영 얼어붙어 그대로 버려지게 될 것이다. 강을 걷던 우리는 한사코 배추를 뽑아 비닐봉지에 담는다. 강바람을 맞아 고소함이 훨씬 더할 테니 쌈으론 더할 나위 없을 것이고 김치로도 된장국으로도 그저 그만일 것이다. 이 넓은 밭에 씨를 뿌려놓고도 임금조차 되지 않아 수확을 못하고 있는 주인의 마음은 오죽할까.

아호비령산줄기 끝 두류산에서 시작된 임진강은 그 길이가 254km에 달하지만, 우리가 만날 수 있는 강은 휴전선 이남에서 전망대까지 대략 4km에 불과하다. 이제 그 강마저도 상류지역에 댐이 준공되고 나면 어떻게 변할지 알 수 없는 일이다. 사람들이 그러하듯 임진강 유역을 터전 삼아 둥지를 틀고 사는 텃새도, 갈대숲에서 잠시 쉬어가는 철새도 계속해서 살아갈 수 있을지, 지금 같은 억새와 갈대숲도 그대로 있을지 알 수가 없는 일이다. 모름지기 물은 '물 흐르듯 흘러야 하는 것'이거늘.

임진강 맑은 물은 흘러 흘러내리고
뭇 새들 자유로이 넘나들며 날건만
내 고향 남쪽 땅 가고파도 못가니
임진강 흐름아 원한 싣고 흐르느냐

...

임진강 하늘 높이 무지개 서는 날
옛 친구 들판에서 내 이름 부를 때
내 마음 고향 모습 추억 속에 사라져도
임진강 흐름을 가르지는 못하리라.

동호회 '길나들이'를 따라 처음으로 나선 임진강, 달리는 차 안
에서 철조망 저편으로만 보아 왔던 강이었기에 내겐 늘 아쉬움과
그리움의 대상이기도 했었다. 그 그리움의 회포를 시인 박세영이
작사한 노래 '임진강'을 부르며 강변을 거닐며 맘껏 풀어내고 있
다. 임진강에서 그리 멀지 않은 경기도 고양에서 태어나 1946년
월북을 했고, 북한의 국가까지 작사하셨던 백하 박세영 선생님.
윤슬이 반짝이는 하얀 임진강, 그 위로 땅과는 달리 경계 없는 하
늘을 재두루미 몇 마리가 자유롭게 날고 있다. 강을 건넌 시인은
마음 짠한 이 시를 쓰며 두고 온 고향이 그리워 새가 되신 것일까.
강변을 걸으며 잠시나마 일상을 접을 수 있다는 것은 그 자체
로 이미 먼 길을 떠난 여행이다. 가슴 틈새로 먼지처럼 쌓인 상처
난 감정들이 강물 따라 혹은 바람 따라 제 먼저 달아난다.
자연스러움이 무언지, 물 흐르듯 흐르는 것이 어떤 것인지 길
을 묻는 길손들에게 강은 그 갈 길을 따라 흐르며 답하고 있다.

천재 매미

자정 무렵 기다렸다는 듯 그제야 매미 한 마리가 울어댑니다.
방학이라 놀러온 초등학생 조카가 깜짝 놀라며 소리칩니다.

어? 저거 매미 소리네.
이상하다? 시골에선 밤에 우는 매민 없는데.
형, 저 매미 바보다 그치? 불빛 때문에 낮인 줄 아나 봐.

바보라서 그런 거 아냐. 낮엔 너무 시끄러워서 그래. 짝꿍에게
들리도록 울려면 목이 얼마나 아프겠어? 밤엔 아무리 도시라도
낮보단 조용하잖아. 그래서 소리가 더 잘 들릴 거라 생각한 거지.
목도 덜 아프고.

그럼 천재네.

근데 형, 짝꿍이 너무 깊이 잠들어서 못 들으면 어쩌지…?

미리美利의 향기

　*찔레꽃머리, 큰 병원을 안고 있는 야산 공원엔 오월이 절정을 이루며 제 몸의 생기를 뿜어내고 있다. 산뽕나무, 떡갈나무, 개암나무, 칡넝쿨과 애기똥풀, 개망초, 엉겅퀴. 그리고 이름 모를 여러 풀꽃들. 그 사이로 아기자기 생겨난 오솔길에 몸을 맡기며 나는 잠시 보호자의 호흡을 고른다. 서늘하고 맑은 공기가 폐부 깊숙이 온몸을 돌아 흐른다. 저만치 찔레꽃이 이리 오라 손짓 한다. 한 줌 한 줌 무명 솜을 올려놓은 듯 몽글몽글 피어있는 순백의 꽃. 코끝을 대어본다. 달큰한 향 속으로 동생을 찾아 헤매던 한 처녀의 피맺힌 절규가 아릿하게 배어든다.

　원나라에 공녀로 끌려가게 된 찔레는 다행히 좋은 주인을 만나 큰 어려움은 없었지만, 고향에 두고 온 병든 아버지와 동생 생각에 점점 야위어갔다. 주인이 찔레의 마음을 알고 사람을 보내 소식을 알아 오게 했으나 알지 못하였고, 찔레의 시름은 더욱 깊어갔다. 이에 주인이 말미를 주어 찔레는 십 년 만에 고향을 찾아갔다. 하지만 아버지는 감나무에 목을 매어 돌아가셨고, 동생 달래는 슬픔을 못 이겨 결국 고향을 떠났다는 것이다. 찔레는 미친 듯 여기저기 동생을 찾아 다녔으나 끝내 알지 못한 채 죽게 되었고, 그 자리에 하얀 꽃이 피었는데 사람들은 찔레의 넋이 꽃이 된 것이라 했다. 마치 문자 '蘤(꽃 위)'를 설명하는 듯하다. 꽃을 나타내는 문자 '花'의 옛글자는 '蘤(위)'였었다. '초록빛 풀(艹)에 하얀(白) 것이 생겨서 된 것(爲)'이 꽃(蘤)이라고 여겼기 때문이다. 최초의 꽃은 찔레꽃처럼 하얀 색이었나 보다. 찔레는 산이나 들, 언덕 골짜기 어디서든 볼 수 있는 꽃이다. 그 만큼 온 산천을 다 찾아 헤매었던 것이다. 그 발자국마다, 눈물이 떨어진 곳마다 하얀 꽃으로 피어 찔레는 아직도 동생을 찾고 있다고 한다. 팔과 손에 촘촘히 가시를 달고 지나가는 사람만 보면 옷자락을 붙잡고 놓지 않는다. 장미의 가시는 꽃을 꺾지 못하게 하려는 자기보호겠지만, 찔레의 가시는 동생을 찾으려는 애타는 언니의 절규다. "내 동생 달래를 못 보셨나요?"

부모를 일찍 여의면 대개는 장녀가 엄마가 된다. 찔레의 동생을 향한 그 마음이 어찌 단순히 언니 마음만이었겠는가. 태초부터 모든 여성은 '모성'이란 천명을 타고 나는 것을.

재외동포를 상대로 한 설문 조사에 의하면 조국을 생각나게 하는 우리 노래 1위로 '찔레꽃'이 꼽혔다 한다. 타국 생활에 지쳐 있을 때면 고향과 함께 어머니가 그리워지고, 언니가 보고파진다. 먼 길 만날 수 없음에 노래로 향수를 달랠 수밖에. 찔레꽃 노래는 그 제목만으로도 조국이 되고 어머니가 되고, 엄마를 대신해 주던 언니, 누나가 되어 가슴 속에 맺힌 눈물을 닦아준다는 것이다.

'하얀 꽃 찔레꽃/ 순박한 꽃 찔레꽃
별처럼 슬픈 찔레꽃/ 달처럼 서러운 찔레꽃
찔레꽃 향기는 너무 슬퍼요.
그래서 울었지 목놓아 울었지…'

'엄마 일 가는 길에 하얀 찔레꽃
찔레꽃 하얀 잎은 맛도 좋지
배고픈 날 가만히 따 먹었다오
엄마 엄마 부르며 따먹었다오.'

오래 전 난 맹장 수술로 입원한 적이 있다. 창밖으로 뿌리를 잘 내린 모가 짙은 녹색 물결치던 날, 병실을 들어선 엄마의 손에 쥐어져 있던 고지서. 왈칵 눈물이 쏟아졌다. 의료보험도 없어 병원비만 해도 버거울 게 뻔한데 등록금까지라니. 큰 수술을 마친 아버지, 고등학교 1,2,3 학년인 세 동생. 비록 언니가 초등학교 교사로 부모님께 큰 힘이 되었다 해도 참 어려운 시절이었다. "희야. 와 그라노? 마이 아푸나. 의사 선생님 부르까?" 깜짝 놀라는 엄마를 보고 아니라면서도 눈물을 못 그치는 내게 엄마는 결연히 말씀하셨다. "등록금 못 낼까 싶어 그라나. 걱정 말거라. 내 목이 뿌러져도 희야 니 대학 졸업은 꼭 시켜 주끼께네." 그 때 내 병상에 비스듬히 기대고 있던 엄마의 생선 고리. 엄마는 저 고리에다 얼마나 많은 생선을 채우고 비워야 할까, 저 무거운 고리를 이고 얼마나 많은 길을 밟고 또 밟아야 할까. 뙤약볕에 그을린 엄마의 숭고한 삶의 무게가 내 가슴에 그토록 서럽게 얹혔던 그 날.

찔레꽃 앞에서 나는 걸음을 멈추고 있다. 대학생 아이를 입원시켜놓고 있는 엄마가 되어 지금 내 나이였던 그 때의 엄마를 떠올린다. 딸의 눈물에 땀 훔치는 것조차 잊은 채 따스한 눈빛으로 위로해 주시던 우리 엄마. 틈이 날 틈도 없이, 힘들다 느낄 틈도 없이 생선 고리를 이고 생업으로 나서야 했던 엄마는 그래도 힘든 티 내지 않고 잘 헤쳐 가셨다. 찔레꽃을 보자 엄마가 생각나는 것을 보면 나 역시 지금의 상황이 힘든 모양이다. 쌉싸름하면서도 달큰하고, 달큰하면서도 아릿한 찔레순은 가난한 나라 백성의 허기를 달래준 고마운 간식거리였음을 전설과 함께 들었던 그 땐 잘 몰랐었다. 엄마가 되어, 더구나 지천명에 들어서 아픈 아이의 보호자가 되어있는 지금 찔레의 향도 전설도 노랫말도 모두 어머니의 얼굴임을 새삼 깨닫는다.

「역경」'문언전'에 "乾, 始能以美利利天下, 不言所利, 大矣哉"-
하늘은 아름다운 이익으로써 능히 천하를 이롭게 하지만 자신의
덕을 내세우지 않으니 참으로 위대하도다라 하였다.

하늘은 만물을 자라게 하면서도 어떤 대가도 바라지 않고, 어
느 것 하나 차별하지도 않는다. 햇살과 바람과 수분을 필요로 하
는 모든 생명체에게 아낌없이 준다. 이것이 바로 하늘이 하는 나
눔 '미리美利'이다. 서로에게 기쁨이 되는 아름다운 나눔, 얼마나
멋진 말인가. '利'의 문자적 구성은 '禾(화)'와 '刂(刀, 도)'의 합성이
다. 벼는 생존의 가장 기본인 식량이며, 칼은 잘라 나눔을 말한다.
그러므로 利는 마음뿐만 아니라 내 생명만큼 소중한 그 무엇도 나
눠준다는 의미다. 이러한 하늘 나눔을 쏙 빼닮은 가장 아름다운
미리는 어머니이다. 대가를 바라지도, 자랑도 아니 하는 어머니의
미리, 자식을 향한 헌신과 사랑은 마르지 않는 샘물이다. 그런 내
어머니를 닮은 찔레꽃이 지금 아이의 쾌유를 바라는 어미의 몸과
마음을 어루만져주고 있다. 세상에서 가장 아름다운 향기로.

* 찔레꽃이 피기 시작하는 초여름을 이르는 순우리말 표현

/

3부

/

항아리

남편에 대한 바람도 담고 아들에 대한 소망도 담고, 가끔씩은 단풍잎 두어 개와
별빛도 담아두고 싶다. 빗물을 받듯 때론 창가에 내놓아 나 모르게 행해지는 이
웃의 선행들도 받아 담아 그것을 배우고 싶다.

- 본문 〈항아리〉 중에서

항아리

결혼 생활 삼 년 차, 누가 뭐래도 어엿한 주부다. 게다가 한 아이의 엄마가 되어있는 자신의 모습을 짜증스럽게 혹은 대견스럽게 거울 속에서 발견하곤 한다. 새벽 두 시를 가리키는 시계 바늘도 이젠 낮 두시를 대하듯 익숙해진 지 오래, 만성이 되어버렸다는 인두염은 두통과 함께 말할 수 없는 거북감을 주어 피곤한 눈이 절로 내려앉지만, 그래도 따사로이 내 영혼을 감싸주는 것이 있으니 얼마나 고마운 일인가.

알맞게 화려하고 적당히 소박한 도자기, 거실 한 쪽에서 얌전한 규수처럼 조신하게 앉아 있는 도자기를 나는 항아리라 부른다. 그것은 단지 장식품만이 아니라 많은 의미가 담겨있는 나의 친구이자 스승이다.

대학을 졸업하던 그 해, 화장기 없는 맨얼굴로도 보리처럼 고개를 들고 다니던 겁 없던 시절에 나의 첫 직장 생활은 시작되었고, 두 번째 'ㅂ' 받침의 나이에 결혼을 하고 얼마 후 직장을 그만두게 되었다. 학창시절을 벗어나 처녀시절의 전부를 보내면서 그곳은 내게 한숨과 좌절과 체념을 주었지만, 많은 고향 선후배들을 알게 해주었고, 무엇보다도 사랑과 너그러움과 따뜻한 정을 가르쳐 주었었다. 그러기에 그들은 지금도 마지막 동창생처럼 가슴속에 애틋하다.

서울로 떠나오던 날, 그들에게서 많은 선물을 받았다. 선물이란 자기의 마음을 상대에게 전하는 소리 없는 언어이다. 받는 이역시 아이거나 어른이거나 훈훈한 감동에 젖기 마련이다. 항아리를 선물로 받으면서 직장 생활 몇 년간의 애환을 고스란히 담아오는 기분이었다. 거기다 보내는 이들의 아쉬움과 기원과 떠나올 때 해주시던 대표님의 말씀까지 보태어 보이지 않는 뚜껑으로 꼭꼭 닫아 남편 곁으로 올 때 가져온 것이다. 신혼 시절엔 계절 따라 걸맞게 꽃을 피우는 장식품 역할을 했었지만, 이제는 고마운 얼굴들을 떠올리며 위안과 용기와 반성과 지혜를 얻곤 한다. 직장 생활을 하면서 잘못인 줄도 모르고 저질렀던 실수들, 최선을 다하지 못했던 부분들이 부끄럽게 살아나면서 나이가 든다는 것이 좋을 수도 있구나 싶어지기도 한다.

힘들거나 행복한 순간에는 '어려울 땐 현명해지고 행복할 땐 겸허해져라'시던 대표님의 그 말씀을 떠올려 본다. 짧지만 삶의 철학이 짙게 깃들어 있다. 한 가문의 며느리로서, 한 남자의 지어미로서, 또 한 아이의 어머니로서, 그리고 순수한 '나'로서 부딪히게 될 많은 어려움들을 이겨내는 지혜는 스스로 찾아야 한다. 행복 역시 아름다운 마음으로 세상을 볼 줄 아는 슬기와 작은 것에도 감사할 줄 아는 마음을 가질 때 가능해진다. 그런 지혜를 얻는다는 것은 결코 쉬운 일이 아니며 끊임없이 찾고 배워야 할 것이다. 직장을 접고 가정으로 들어앉는 내게 푹 퍼지고 처지는 매력 없는 아줌마가 되어선 안 된다는 말씀도 담으셨음을 자꾸만 게을러지는 자신을 보면서 새삼 깨닫게 된다.

단순한 장식품에 불과했을 수도 있었을 것을 내게 이토록 크게, 가까이 머물 수 있게 해주신 그 분의 슬기와 따스한 말씀에도 감사를 드린다. 뭔가를 담아주고 싶은 마음으로 도자기를 선택했다는 얘기를 하지 않았던들 어찌 항아리에다 그렇게 많은 의미를 쌓아가며 애정을 가질 수 있었을까.

이젠 나 자신이 항아리에다 뭔가를 담아가야 한다. 남편에 대한 바람도 담고 아들에 대한 소망도 담고, 가끔씩은 단풍잎 두어 개와 별빛도 담아두고 싶다. 빗물을 받듯 때론 창가에 내놓아 나 모르게 행해지는 이웃의 선행들도 받아 담아 그것을 배우고 싶다.

뚜껑이 아예 없는 항아리는 계영배처럼 나의 이기적인 욕심들은 쏟아버릴 것이다. 그것은 선물하신 분의 나에 대한 바람이 아닐 것이므로.

항아리 속에 담겨 있는 소중한 가르침이 계속 이어져 가기를 바라면서, 훗날 내가 찾아낸 삶의 지혜와 향기와 철학을 보태어, 가장 아끼는 사람에게 항아리를 선물할 수 있게 되기를 바라는 또 하나의 소망을 담으며 가만히 항아리를 어루만진다.

첫 휴가 신고식

양손 허리, 양발에 반동을 주면서 목이 터져라 휴가 신고식 군가를 부르고 있는 세 명의 대한민국 해병대 헌병. 그 앞에 어설픈 차렷 자세로 서 있는 중년의 여자. 길 가던 사람들이 모두 걸음을 멈추며 지켜보고 있다. 힘찬 목소리는 울먹임으로 이어지고 엄마의 시선도 아들을 따라 눈물로 흔들린다.

세 명 중 제일 작은 병사가 저보다 더 무거운 엄마를 번쩍 안아 올린다.

"필승! 어머니 되십니까? 아들 잘 키우셨습니다. 훌륭하십니다."

해병대 출신이라며 지나가던 남자 한 분이 아들에게 거수경례로 답하고 나에게도 반갑게 인사를 건넨다. 그 순간만큼은 그런 찬사가 과하지 않게 들린다.

할아버지 할머니께 큰절 올리고 훈련소에 입소하던 날, 연병장에서 단체 큰절하며 엄마를 찾는 아들과 찰나의 눈 맞춤 한 번으로 우리 모자는 군軍과 민民이 되어 돌아서야만 했었다. 의당 군에는 다녀와야지 했었지만 하필이면 해병대를 택했을까. 아들의 체격으론 해병대의 훈련을 감당해낼 수 없을 것만 같아 만류했으나 굽히지 않았었다. 입소 일주일까진 선택에 대한 재고의 기간이라고 한다. 훈련소 정문 앞에서 일인 시위를 할까도 싶었다. 아들아 제발 돌아와라. 그냥 육군으로 가다오.

이십오 년을 조깅으로 단련한 몸이어도 선천적으로 빈약한 폐활량은 극복이 안 되더라며 남편도 걱정이다. 밤마다 아들 침대에 누워 눈물만 쏟는 일 외엔 아무것도 할 수가 없었다. 더구나 큰아들 역시 논산에서 훈련을 받고 있던 때였다. 뜻하지 않게도 난 두 아들을 군에 보낸 애국자가 되어 있었던 것이다.

돌아오기를 간절히 바라다가도 포기하고 왔을 때 막상 그 자괴감을 어떻게 감당하나 생각하면 견뎌내야지 싶기도 했었다. 훈련소가 있는 포항, 하루에도 다섯 번씩 변덕을 부린다는 오천五天읍의 하늘만큼이나 내 마음도 갈피를 못 잡고 있었다.

"귀댁의 자녀는 오늘부로 대한민국 해병대 정식 훈련병이 되었습니다."

입소 오 일 째 되던 날, 휴대폰에 날아든 문자는 갈등을 매듭

짓게 해주었고, 무엇보다도 편지를 보낼 수 있다는 것이 마음감옥을 벗어나게 했다. 특별한 약속이 없는 날엔 종일 온라인 카페를 기웃거렸다. 일주일에 한 번씩 올라오는 단체 사진 속에서 아들의 모습을 보고 또 보며 눈에다 가슴에다 새겨두곤 했었다.

　　형이랑 너, 두 아들을 훈련소에 보내고 나니 길에서도 TV에서도 엄마 눈엔 온통 군인만 보이는구나. 나라를 지킨다는 것은 나를 지키고 내 부모 형제를 지키고 내 여자를 지키고, 사랑하는 모든 사람과 민족을 지키는 의로운 일이다. 한자 '의(義)'는 '양(羊)'과 '나(我)'를 합친 글자이다. 我(手+戈)는 손에 창을 들고 '나'를 지키는 모습이고, 양은 고대사회 천제의 희생 제물로 바쳤던 동물이다. 그러니까 먼저 자신을 지킬 줄 알고 사랑할 줄 아는 올바른 사람이 된 후 하늘에 감사를 올리는 모습이 바로 '의'인 것이다. 그러한 '나'가 내 소중한 모든 것을 안고 있는 나라를 지키기 위해 기꺼이 군인이 된다는 것은 얼마나 의롭고 가치 있는 일이겠느냐. 이렇게 의로운 국방의 의무를 다하고 있는 우리 두 아들이 너무도 자랑스럽다. 이제 모든 힘을 훈련에만 집중해라. 거기서의 혹독한 훈련과 단체 생활이 네 인생에 특별한 자양분이 되고 의미가 될 수 있을 것이다.

　　사랑해 우리아들. 필승!

- 2014. 3. 5.

매일같이 쓴 편지가 오십 통쯤 됐을 때 수료식 날이 되었다. 한 올의 흐트러짐도 없이 군가를 부르며 입장하는 모습에 전율이 흘렀다. 뭉클뭉클 차오르는 뜨거운 것에 눈과 가슴이 젖어들었다. 빡빡 깎은 밤톨 머리가 다시 품 안의 아기 같던 입소 당시의 모습은 없다. 거수경례를 하며 수료를 신고하는 아들은 온몸과 목소리, 옷깃마다 살아있는 해병대 각으로 박력과 용맹이 넘치는 진짜 사나이가 되어 있었다. 몇 안 된다는 특등 사수의 훈장이 아들의 빨간 명찰을 더욱 빛나게 하고 있었다.

남자답고 멋도 부릴 줄 아는 꽤 괜찮은 해병대 내 작은아들이 같은 헌병인 훈련소 동기 두 친구와 함께 휴가를 나온 것이다. 족히 십이삼 센티는 더 커 보이는 두 친구를 양 옆으로 두고 해병대 특유의 첫 휴가 신고를 하고 있으니, 난 세 명의 아들이 함께한 가장 특별한 신고식을 받은 셈이다. 전철역이 대한민국 해병대로 꽉 찬 듯하다. 처음 보는 장면에 사람들도 발길을 멈출 수밖에.

어두운 밤하늘에 팔각모 쓰고 골목길로 접어들 때에
어머니 어머니 나와 계신다 못난 아들 반기려고
어머니 어머니 들어가세요 울지 말고 들어가세요
다음에 이다음에 전역하거든 못한 효도 다 해드리리
···

세 헌병의 호위를 받으며 집으로 가는 길이 유난히도 짧다. 가사 하나 하나가 되살아난다. 떨리는 아들의 목소리를 담고 마음으로 들어온다. 엄마라는 사람이 군인 간 아들을 통해 비로소 어머니가 되고 있었다.

친정엄마 3

조순자 여사 산수연
육남매의 스승, 당신을 존경합니다
당신을 아끼고 사랑합니다

성하로 접어드는 초록 물결에 팔순을 축하하는 현수막이 몸을 흔든다. 큰상 앞에 앉으신 어머니의 얼굴에 소용돌며 쌓여온 팔십 년의 세월이 경건히 일렁인다.

어느 하늘 어느 별에서 무엇을 하다 이 땅으로 오셨을까?

나고 자라 결혼을 하고, 어머니의 어머니가 그랬듯 아내가 되고 어머니가 되어 살아내신 팔십 년! 온몸에 배어든 한 여인의 삶의 궤적을 우리 육남매는 산수연이란 큰상 위에 올려놓았다.

절을 받기 전, 어머니는 오빠에게 잔을 채우게 하신다. 칠순에 그러셨던 것처럼 어머니는 당신의 팔순 소식을 술잔에 담아 아버지께 고해 올리신다. 남편 먼저 보낸 지 십삼 년, 아픈 사람 잔치 하지 않는다는 철벽같은 금기에 팔순은커녕 칠순상도 받아보지 못하신 아버지를 어머니는 또 곁에다 앉히신 모양이다. 어머니는 먼저 아버지의 잔을 비우셨다. 그 잔엔 고락을 같이 나눈 부부의 모든 것이 담겨 있다.

1958년, 열아홉에 머리 올리고 스무 살에 시집와 시어머니와 동서 시하에서 두 아이를 낳고, 그 해 겨울에 저금(분가의 경상도 방언)을 났다. 신접살이에서 네 아이를 더 낳아 키우며 조금씩 살림 일궈가는 재미와 행복을 맛보기도 했었다. 사십대에 들어서 초 · 중 · 고 · 대학교에 줄줄이 책가방이 여섯, 게다가 그 무렵 아버진 후두암으로 크고 작은 수술을 열아홉 번이나 하시면서 목소리를 잃으셨다. 그로 인해 시작된 뜻밖의 장터 생활, 어둑어둑 고단한 파장길에 기계음일망정 "욕봤다. 배 고프제?" 남편의 살가운 위로가 있었기에 힘을 낼 수 있었다. 지금 이 자리 나란히 앉아 잔을 받을 수 있었으면 얼마나 좋을까. 복도 없는 양반.

최선을 다해 섬기고 헌신하며 살아오신 숭고한 어머니의 시간 앞에 자식과 손자들이 큰절을 올린다.

처음엔 팔순이라는 말도 못 꺼내게 하셨다. 큰상 받으신 장모님께 꼭 약주 한 잔 올리고 싶다는 2년째 암투병중인 막내 사위의 당부에 어머니는 마지못해 허락을 하셨다. 병문안 오고 싶다는 친지들의 의견도 살펴 산수연만이 아닌 제부의 위문 자리도 겸하게 되었으니 불쑥불쑥 묻어나는 수심을 떨칠 수가 없는 것이다. 어머니는 지금 남편에게 떼를 쓰고 계신 지도 모른다. 사위 건강 되찾아 막내딸 오래도록 남편 옆에서 살아가게 해달라고, 마지막 소원이라며 간절히 빌고 계실 지도 모른다. 우짜든지 우리 정서방 지켜주소이, 우짜든지!

낳으실 제 괴로움 다 잊으시고…
진자리 마른자리 갈아 뉘시며…
어머니의 희생은 가이 없어라….

어디 양주동 박사의 어머니만 그러셨으랴. 이 땅의 모든 어머니가 핏덩이를 받아 저렇게 키우며 사람으로 만드셨을 터. 울먹임으로 부르는 '어머니 마음'과, 울지 않으려 해도 현실을 생각하면 자꾸만 눈물이 난다는 막내사위의 인사에 모두가 코끝이 찡해진다. 정도 많지만 제법 성깔도 있고 깡다구가 있는 강한 사람이라 생각지도 못한 모습에 더 마음이 아팠다. 제부에게 회복을 비는 진심어린 박수가 쏟아졌다.

어머니의 삶을 본받고 닮겠다는 올케의 편지와 예쁜 딸을 낳아주셔서 감사하다는 사위들의 인사, 사촌 언니 오빠들의 어머니에 대한 미담과 찬사가 이어졌다. 그 힘든 생선 고리를 이고서도 발밑의 큰 돈다발을 망설임 없이 지나쳤던 어머니, 자식에게 해가 될까 두려워서였단다. 멀리 수원서 내려오신 작은 고모집 큰오빠는 어렵기 마찬가지인 외숙모의 콩 한 쪽도 나눠주던 그 고마움을 지금도 잊지 못한다고 하신다.

언젠가 어린 시절로 돌아가면 하고 싶은 것 딱 한 가지만 꼽아보라 했을 때, 어머니는 학교를 졸업하고 싶다 하셨다. 그래서 동창회에 가보고 싶다는 것이다. 자라면서 위로 두 오빠를 위해 학교를 중퇴하는 희생을 하였으니 어머니는 차려입고 동창회에 나서는 몇 안 되는 갑장 친구들이 못내 부러웠던 것이다.

어느 날 초등학교 교장인 있는 언니가 아라 예술제 공문을 받았다며 시 낭송 대회에 어머니를 보내자는 제안을 했다. 기억력이 특히나 좋으신 어머니는 시인인 동생의 시 서너 편을 금방 외우셨다. 작년 봄, 군민이 지켜보는 무대에 올라 더듬거림 하나 없이 잘 낭송하여 정식 교육생들을 물리치고 당당히 입상을 하신 것이다. 그렇게나마 어머니의 꿈을 채워준 상장은 졸업장과 동창회를 대신하며 어머니의 보물로 간직되어 있다. 어머니는 매년 남동생이 주관하는 '소년가장 돕기 작은 음악회'에 지금도 빠지지 않고 후원금을 보내신다. 어느 책가방 하나라도 형편이 어려워 중퇴하는 일이 없기를 바라시는 마음이다.

쇠뜨기풀처럼 살아
                    -조순자 어른 팔순 잔치에 부쳐

조선 땅에 쇠뜨기풀만큼
흔한 이름 순자

함안 조趙씨 집안에 나서
함안 이李가 집안에 시집오시어
함안에서 평생을 사시었네

군북장 가야장 바닥을 훑으며
그 흔한 생선 귀하게 팔아
일가붙이들
이웃집들 밥상을 챙기셨네

어디 공부 많이 하여
높은 벼슬 하는 것만
참다운 삶이던가
인정에 곡진함이

참마음 아니던가

평생 사곡댁으로 살아
제 이름으로 살지 못한
시골 아낙 조순자

이왕 팔순까지 사셨으니
白壽마저 채우소서

　　　　　　　　-이순일, 단기 4352년 6월. 63가든에서

　시인이며 국어 교사로 정년퇴임하신 친척 아재가 손수 지어오
신 축시를 낭송하셨다. 억 만 광년의 한 별에서 지구별로 내려와
파도를 헤치며 건너온 어머니의 바다가 음악에 잔물지며 여인 '조
순자'는 천천히, 천천히 시가 되고 있었다.

　오빠가 어머니를 업고 장내를 돌았다. 모두들 일어서서 또 한
번 어머니께 축하의 박수를 보낸다. 제부 역시 병마를 잘 이겨내
겠다는 결연한 얼굴로 힘껏 박수를 치고 있다.
　'육남매의 스승, 당신을 존경합니다'
　큰 현수막 속 어머니의 사진이 아들에게 업힌 당신을 보고 활

짝 웃고 있다. 한자 師(사)는 帥(수)의 의미를 내포하고 있다. 언덕(阜)에서 부하들의 생명을 지키기 위해 적의 동태를 살피며 깃발(巾)을 들고 군 작전을 지휘하는 장수를 뜻한다. 사람이 태어나 가정교육 외에 처음으로 가장 크게, 깊이 인생의 향방을 제시하는 사람이 스승이니, 그 역할의 막중함이 생명을 지켜주는 장수와 다를 바 없음에 선인들은 帥의 의미를 그대로 빌어 획(-) 하나 더하며 스승이라 썼던 것이다. 군사부일체라는 말이 공연한 것이 아니다. 모두가 한 사람의 생명과 인생을 책임지는 양육자요 훈육자요 보호자인 것이다. 어머니 역시 졸업장 하나 없어도 행동으로 마음으로 때론 눈물로 우리들을 기르고 본이 되신 충분히 훌륭한 스승이셨다. 율곡선생의 외할머니 용인 이 씨는 주 문왕周 文王을 키워낸 어머니 태임太任을 본받으라고 딸에게 任자를 따서 師任堂(사임당)이란 당호를 지어주었다 한다.

산수傘壽를 맞아 가장 심혈을 기울인 우리 육남매의 선물, 다름 아닌 스승이란 이름이다. 태임이 뭐하는 사람인지, 사임당이 누구인지 몰라도, 비록 자식들이 주 문왕이나 율곡선생 만한 사람은 못되었어도 아랫사람에게, 이웃에게 눈비를 막아주며 인정을 베푸는 우산傘같은 어르신 조순자 여사! 누가 뭐래도 우리에겐 가장 훌륭한 어머니이자 스승님, 조사임당趙師任堂이시다.

시어머니의 사랑법

1.

아이들이랑 절을 하고 자리에 채 앉기도 전
어머님의 동네 소식이 생방송 됩니다.
아이구, 우짜든지 남자는 여자 먼저 가는 게 큰 복인기라.
아버님의 친구 부인께서 얼마 전에 돌아가셨다고 합니다.
혼자서 끼니는 제대로 챙기는지, 빨래는 어쩌는지
걱정이 이만저만이 아니시네요.
당신은 내 먼저 가시소이.
나도 모르게 긴장이 되어 아버님의 눈치를 보았죠.
당신 꼭꼭 묻어놓고 일 년 뒤 나도 따라 갈라요.
잔디가 지 자리 잘 잡았나 보고.
아, 아버님의 눈빛이 깊은 강이 됩니다
사랑이 은비늘 되어 끝없이 남실거립니다.

2.

보이소, 퍼뜩 가입시더. 그래야 좋은 걸 사지요.
은근한 어머님의 성화가 새벽을 깨웁니다.
생선회를 사러 마산 어시장엘 가시려나 봅니다.
그런데 이게 웬일입니까?
어머님은 앞자리가 아니라 뒤의 상석에 당연하다는 듯
앉으시네요.

오늘 회 맛있을 끼다. 참 좋더라. 개시도 해줬고.
한껏 높아진 어머님의 목소리가 온 집안을 또르르 구릅니다.
근데 어머님은 갈 때와 마찬가지로 또 뒷좌석이 아니겠습니까.
궁금해진 며느리의 질문에 어머님은 무심히 던지십니다.
사고 나면 옆자리가 젤로 위험하다쿠데.
순간 아버님의 미간이 좁아집니다.
혼자 오래 사시려고 그러시냐는 며느리의 핀잔에
어머님은 또 아무렇지도 않은 듯 말씀하십니다.
"둘이 다 다치면 우짜거로?
내가 덜 다쳐야 너거 아부지를 보살필 거 아이가?
나는 내 남편 딴 사람한테 못 맡긴다."
아, 미소 한 자락, 생일상 위로 햇살처럼 퍼져갑니다.

자운서원 가는 길

문화원을 나서는 우리들 마음은 수학여행을 떠나는 학창시절이다. 코 입 턱이 모두 가려진 채 두 눈만이 설렘을 담고 있다. 코로나 시대를 걷고 있는 지금 가장 중요한 마스크를 챙겼으니 출발이다.

자유로를 달린다. 오백 년을 거슬러 율곡 이이 선생을 만나러 가는 길이다. 이름대로라면 마음껏 달려 해주도 황주도 한반도 끝까지도 갈 수 있을 것 같은데 공간을 넘나드는 자유는 어림도 없다.

얼마쯤 달렸을까? 짙은 밤꽃향이 바람에 일렁인다.

파주시 파평면 율곡리, 선생의 친가 마을이다. 내비게이션이 가리키는 언덕길을 들어서니 안내소 겸 관리실 같은 조그만 매점이 나오고, 여남은 개의 계단 위 호젓하니 화석정이 서 있다. 기다리신 듯 선생이 넘기던 책장을 멈추고 우리를 반기신다.

　경기도 유형문화재 제61호로 지정된 화석정은 자세한 기록은 없지만 원래 고려 말 대유학자인 길재의 유지였다고도 전해진다. 그 후 1443년(세종 25) 율곡선생의 5대조부인 이명신이 세운 것을 1478년(성종 9) 증조부 이의석이 보수하고, 이숙함이 당나라의 재상 이덕유의 별장 평천장(경치가 매우 아름다웠다 함)의 기문중 "花石"을 따서 화석정이라 이름 지었다 한다. 그 후 율곡선생이 중수하여 자주 이곳을 찾아 제자들과 함께 했고, 선생의 학문에 반한 중국 칙사 황홍헌도 찾아와 시를 읊고 즐겼다고 한다.

　임진왜란 때 선조가 의주로 피난 가던 중 한밤중이 되자 수행하던 이항복이 이 정자를 태워 밝혀 무사히 강을 건너게 했다는 일화도 유명하다. 선생이 십만 양병설을 건의 했으나 받아들여지지 않자 미리 알고 화석정이 불에 잘 타도록 기름으로 늘 기둥을 닦게 했다는 것은 선생의 선견지명을 잘 말해준다. 그 후 80여 년간 빈터로 있다가 1673년(현종14)에 이이의 증손인 이후지 · 이후방이 복원하였으나 6·25 전쟁 때 다시 소실된 것을 1966년 파주시 유림들이 복원했다 한다. 건물의 정면에는 박정희 전 대통령이 쓴 "花石亭" 현판이 걸려 있다.

　신발을 벗고 정자에 앉았다. 역사를 안고 유구히 흐르는 임진강을 굽어보며 여덟 살 율곡이 되어 시를 지어보기도 하고, 제자가 되어보기도 한다.

팔세부시 八歲賦詩

林亭秋已晩 騷客意無窮 (임정추이만 소객의무궁)
遠水連天碧 霜楓向日紅 (원수연천벽 상풍향일홍)
山吐孤輪月 江含萬里風 (산토고륜월 강함만리풍)
塞鴻何處去 聲斷暮雲中 (새홍하처거 성단모운중)

숲속 정자에 가을 이미 깊으니 시인의 생각 한이 없어라
먼 물은 하늘에 닿아 푸르고 서리 맞은 단풍 햇빛 받아 붉구나
산은 외로운 달을 토해내고 강은 만 리 바람을 머금는다
변방 기러기 어디로 가는가 처량한 울음 저녁 구름 속에 그치네.

여덟 살 나이에 외로움과 처량함을 시로 읊다니! 가슴 저민 동
기童妓 유지柳枝와의 그 사랑을 무의식은 알고 있었던 것일까? 정
자 옆에서 지켜보며 함께 자랐을 육백 살 넘은 느티나무에게 물어
보아도 고개만 살랑일 뿐 대답이 없다.

강물 구비 안쪽으로 기러기 대신 보이는 탱크 두어 대가 선생
에게 자문을 구한다. 분단의 이 조국을 어찌하면 통일할 수 있을
까요? 북에서 발원한 저 강물은 경계 없이 흐르는데 동강난 사람

의 생각은 어찌하면 좋을까요?

어릴 때 호환의 액운을 막을 수 있다는 비방에 따라 뒷산에다 천 그루의 밤나무를 심었는데 한 그루가 모자라 호랑이가 선생을 덮치려는 순간 어디선가 "나도 밤나무"라고 외친 나무가 있어 화를 면했다는 율곡리 나도밤나무 설화를 이고 차는 선영의 자운서원으로 향한다. 잘 자란 포기 사이로 미색米色 벼꽃이 배웅을 한다. 들판 여기저기에 하지를 며칠 앞둔 햇빛이 부지런히 여름을 칠해가고 있다.

코로나19로 유적지의 주차장은 텅 비어 있다. 동쪽 인문으로 들어서자 선생과 신사임당의 동상이 우리를 맞이한다. 서울 사직공원에 건립되어 있었던 것을 이전한 것이다. 가장 훌륭한 어머니와 아들로 역사에 길이 전해질 이름이다. 선생의 외할머니 용인이 씨가 두 분의 이름을 지었다고 한다. 도덕경을 쓴 노자(본명 李耳)보다 더 뛰어나라고 王자를 더한 이珥로, 주 문왕의 어머니 태임太任 여사를 본받아 훌륭한 사람으로 키워내라는 의미로 사임思任당이라고 했다는 것이다. 위인 뒤에는 훌륭한 어머니가 있음을 역설해 주는 대목이다. 우리도 저만한 자손을 기대하는 염원 하나 품고서 두 분 사이에 모여 사진을 찍었다.

기념관을 들어섰다. 선생의 모든 업적과 행적이 입체적으로 펼쳐진다.

1536년(중종31)에 강릉에서 태어난 선생은 1584년(선조17)년 49세의 나이로 서울 대사동(인사동)에서 돌아가셨다.

6세까지 외가 강릉에서 지내다 이후로 율곡리 본가로 올라왔다. 본관은 덕수이며, 아버지는 증좌찬성 이원수, 어머니는 사임당 신씨이다. 자는 숙헌, 호는 율곡·석담·우재인데 친가 마을 이름을 딴 율곡을 가장 즐겨 썼고, 흑룡이 바다에서 날아 들어와 서리는 태몽을 꾸었다 하여 아명을 현룡이라 하였다.

세 살 때부터 글을 지을 줄 알았고(石榴皮裏碎紅珠, 석류 껍질 속에 붉은 구슬이 부서져 있네), 13세에 진사 초시 장원급제 이후 구도장원공을 이루는 등 성리학을 조선 유학으로 토착화 시킨 천재 대유의 탄생은 태몽처럼 하늘이 내린 것이었다.

16세 때 어머니를 잃고 삼 년 시묘살이를 한 후 금강산에 입산, 도교와 불교 사상을 공부 했는데 이때의 공부는 나중에 『순언』을 저술하는 한 역할이 되기도 했다. 1년 후 20세에 외가로 하산하여 『자경문』을 써서 스스로 경계하며 다시 성리학에 몰두하였다. 22세에 곡산 노씨와 결혼을 하고, 26세에 부친상을 당해 역시 시묘살이 삼 년을 하여 효의 모범을 보였다.

호조좌랑, 황해도관찰사, 사헌부대사헌, 호조·병조·형조·이조판서 등 요직을 두루 거치며 기호학파의 영수로서 실천적 학문과 대동법실시, 해주향약, 그리고 십만양병설을 포함한 '시무 육조'를 상소하고, 아이들을 위한 『격몽요결』, 『동몽선습』, 『학교모범』 등을 저술했고, 『만언봉사』에서는 "시의時宜라는 것은 때에 따라 변통하여 법을 만들어 백성을 구하는 것"이라 하여 현실 정치를 중요시 하였으며, 『성학집요』를 지어 임금이 실천해야할 덕목을 정리하여 선조에게 올리는 등 오로지 나라와 백성을 위해 사신 49년 인생이 고스란히 정리되어 있다.

묘역으로 향했다.

자그마한 연못에 막 봉오리를 올리고 있는 수련垂蓮이 싱그럽다. 버드나무 한 그루가 연잎을 향해 손을 뻗친다. 살아서 그랬듯 죽어서도 땅에서는 선생 곁에 눕지 못한 유지柳枝의 애처로운 몸짓일까.

1574년 선생이 39세의 나이로 황해 감사로 갔을 때 처음 만난 12세 유지는 선비의 딸이었으나 조실부모하여 기생이 된 황주 관기였다. 너무 어려 1년 가까이 수발만 들다 헤어졌고, 9년 후 요양차 황주 누나 집에 머물렀을 때의 만남이 마지막이었다. 선생의 부고에 삼년상을 치른 후 절로 들어가 생을 마친 유지였다. 함께 밤을 보내면서도 다음 생을 기약하며 끝내 운우지정雲雨之情을 나누지 않은 사연을 써주신 편지와 시를 유지는 기억하고 있었다.

...

閉門兮傷仁 (폐문혜상인) 문을 닫아걸면 仁을 버리는 일

同寢兮害義 (동침혜해의) 동침을 하는 것은 義를 해하는 일

撤去兮屛障 (철거혜병장) 병풍도 걷어치운 같은 방에서

異牀兮異被 (이상혜이피) 다른 침상 다른 이불 펴고 앉았네

...

倘三生兮不虛 (당삼생혜불허) 내세가 있다는 말 허언 아니라면

逝將遇爾於芙蓉之城 (서장우이어부용지성) 극락에서 너를 만나리

1583년 9월 28일 돌아가시기 석 달 전, 지나는 이들이 혹여 선생과의 관계를 오해하게 되면 유지를 돌아보아 주지 않을 것을 걱정하여 편지를 썼다. 서로 사랑했으나 품지 않았고, 오직 정으로 시작하여 예로 끝맺은(發乎情止乎禮) 사연을 적은 친필연서 '유지사' 두루마리는 현재 이화여대 박물관에 보관되어 있다. 비록 기생이어도 진정한 사랑으로 정욕을 승화시켜 仁과 義를 지키신 성인으로서의 면모와 병약한 한 남자의 인간적인 비애를 보여준다.

여현문을 들어서 묘역의 언덕길을 올라갔다. 맨 위에 선생과 부인 노 씨 묘, 그 아래로 맏형 이선 부부, 부모인 이원수와 신사임당의 합장묘, 맏아들 경림 부부의 묘, 큰 누이와 그의 시부모 묘 등 가족 묘 14기가 모셔져 있다. 명성에 비해 소박한 모습이 청백리의 삶을 그대로 말해 준다.

부인 곡산 노 씨가 임진왜란 때 서울에서 신주를 받들고 산소로 돌아와 나라 걱정을 하며 통곡하는데 왜군이 닥치자 크게 꾸짖고 자살을 했다. 환궁한 선조가 얘기를 듣고 그 자리에 봉분하라 하여 앞뒤로 있게 된 사연이 그날의 참담함을 말하는 듯하다. 부모의 묘가 아들 아래 있는 것 또한 특이하다. 역장逆葬의 개념이 없었던 당시 풍습으로는 자식이 현달했거나 입신양명하면 그럴 수 있고 명당자리를 먼저 돌아가신 분이 차지하고 나면 그럴 수 있다고 하는데 정확한 기록은 없다고 한다.

　술 한 잔 올릴 준비를 못해온 것을 후회하며 우리는 묵념으로 예를 올렸다. 묘지 위에서 바라보니 아득히 한강이 보인다. 가물가물 하얀 옷고름 한 가닥이 흔들리는 듯하다. 부모보다 윗자리에 누우신 까닭을 비로소 알 것 같다. 실날같은 한강수라도 눈에 담으며 임금을 생각하고 백성을 사랑하는 충절이 아닐지!

　내리막인데도 땀방울이 맺힌다. 자운서원이다. 광해군 7년(1615)에 선생의 학문과 덕행을 추모하기 위해 지방 유림에 의해 창건된 서원이다. 효종 원년(1650)에 '자운紫雲'이라는 사액을 받았으며, 1624년(인조2)에 문성(文成)이란 시호가 내려졌고, 1681년(숙종7)에 문묘에 배향되었다. 숙종 39년에 선생의 후학인 사계 김장생과 현석 박세채를 추가 배향하여 창건 이후로 선현 배향과 지역 교육을 담당해 왔으나 고종 때 대원군에 의해 서원철폐령이 내려지며 문을 닫게 된다.

서원 안에는 학문을 가르치던 강인당講仁堂과 기숙사 동재와 서재, 위패와 영정을 모신 문성사, 서원의 건립 내력을 적은 묘정비가 있다. 仁을 바탕으로 스승의 가르침을 배우고 실천하기를 애썼을 제자들의 모습이 선하게 떠오른다.

유적지를 나오는 마지막 길에 이항복이 비문을 지은 선생의 일대기를 기록한 신도비가 있다. 다 읽지는 못했지만 위대한 성현의 향기에 다시 한 번 마음을 적신다.

장단콩 두부요리가 전문이라는 소박한 식당에 들어섰다. 예쁘게 핀 꽃들과 심심한 눈빛인 털북숭이 개와 인사를 나누다 우리는 일제히 눈길을 돌렸다. 태어난 지 얼마 안 돼 보이는 새끼 고양이가 겨우겨우 마당을 기어가고 있다. 다른 새끼들은 서툴어도 네 발로 걸어가는데 그 친구만이 옷자락 끌 듯 뒷다리를 끌며 앞다리만으로 걷는 것이 아닌가. 주인께 물어보니 태어나기를 소아마비처럼 그런 거란다. 임신한 길고양이를 불쌍해서 거뒀는데 장애를 가진 새끼를 낳아 마음이 더 아프다고 했다.

서당 이름을 강인당이라 할 만큼 仁을 강조한 율곡 선생의 혼이 이 생명을 안내한 것일까?

仁은 천(天,一) 인(人,亻) 지(地,一) 삼재三才를 합쳐 만든 온 우주를 품고 있는 글자이다. 하늘과 땅의 기운을 모아 태어난 모든 생명체를 아끼고 불쌍히 여길 줄 아는 참사랑이다. 그 마음을 베풀어 하늘의 도와 땅의 덕을 본받고 닮아가는 '어진 마음'이 바로 仁인 것이다.

仁의 극치인 측은지심을 실천하고 계신 식당 할머니의 '어진 마음'이 수더분한 외모를 아름답게 빛내고 있다. 갖가지 푸성귀와 두부요리가 잘 어우러진 밥상 앞에서 우리는 시골 친정집에 온 것 같은 안온함에 싸인다.

아기 고양이의 건강한 성장을 기도하며 돌아오는 자유로. 뉘엿한 해가 한강물 위에서 윤슬로 반짝인다.

仁 사회를 꿈꾸는 우리는 지금 오백 년의 터널을 통과 중이다.

공원의 밤 2

결혼 후 처음으로 객지에서 보내는 추석. 명절 증후군이 나에게도 어찌 없겠는가마는 막상은 홀가분하기보다 허전함이 앞선다. 고소한 지짐 냄새와 지글지글 끓어 오르던 갖가지 튀김들. 무엇보다도 오랜만에 모여 맛깔나게 익어가던 동서와 시숙모와의 수다가 오히려 그립다. 온종일을 친구들과 아이처럼 밖에서 지내던 남편이야 오죽할까.

우리는 달구경이라도 하자며 공원으로 나갔다. 한가위답게 공원의 밤은 축제의 밤이다. 휘영청 밝은 달과 흥겨운 콘서트의 소리. 폭죽 터지는 소리. 그리고 그 속에 묻혀 들릴 듯 말 듯한 노모의 소원 비는 소리. 추석 며칠 전부터 얼마나 많은 사람들이 달을 떼어내는지. 한가위 달만큼 되세요, 달처럼 행복 가득 하세요. 당신의 맘에도 둥근 달이 떴으면….

  문자 알림이도 때 아니게 뻐꾹뻐꾹 얼마나 울어 댔을꼬. 그래
서일까? 자세히 보면 한가위 달은 왼쪽 아래 부분이 조금 덜 찬
느낌이다. 맘씨 좋은 누이 달이 자기를 찾는 모든 사람에게 조금
씩 나눠주다 보니 그렇게 된 것이리라. 그래도 달은 주는 것도 큰
기쁨이라 더 환희 웃는다.

  노래하는 분수대에선 빠르면서도 애절한 선율의 라틴 음악이
흘러나온다. 추석 특집으로 외국인들이 펼치는 무대. 고향의 그리
움이야 저들만 할까 싶은데 되려 그들이 명절의 흥을 돋우고 고향
못간 사람들을 달래주고 있다. 그들의 연주는 자신들의 향수가 아
닌지. 제 나라 노랫말과 악기로 부르는 저들의 민속음악, 지그시
감은 눈엔 고향의 가족들과 고향 하늘의 달도 떠오르겠지.

  주제 광장 저쪽에선 오감을 자극하는 듯한 색소폰 소리가 우리
를 유혹한다. 낮 동안 햇빛을 받은 돌계단의 온기가 고향의 온돌
같아 마음도 따듯해진다. 색소폰을 부는 여자가 참 멋있구나 생각
하며 목청 높여 노래를 따라 부르다 보니 나도 배우고 싶어진다.
마침 내년에 있을 시아버지의 칠순도 떠오른다. 아. 맞다. 칠순 때
색소폰으로 아버님의 애창곡을 불러 드리자. 눈앞에 그 달성이 보
이는 목표를 가진다는 것은 얼마나 큰 생의 활력인가. 허전함도
그리움도 어느 새 다 잊은 나의 발걸음이 자꾸만 통통거린다. 한
가위 달에게 나도 소망 하나 올려놓고 보니 사람들에게 덜어 준

달의 빈자리가 조금은 찬 듯하다. 옳아. 달은 다 알고서 미리 비워둔 거구나. 추석 날 사람들의 소원을 담아 둘 자리. 그래서 추석 지난 다음 달에 달이 더 동그랗구나.

닐리리아 닐리리 닐리리 맘보오….

나의 소망을 알았다는 듯 한가위 보름달도 벙긋벙긋. 시아버지의 애창곡을 흥얼거린다. 저 먼저 칠순을 생각 하는 아내를 보는 남편의 눈에도 보름달이 살갑다.

두 잔의 의미

조촐하게 마련 된 상에 케이크와 전통주가 놓여있고 따로 마련
된 받침대 위엔 제법 큼직한 꽃바구니가 환하게 자리를 밝히고 있
다. 여느 해의 생일상과 별반 다를 바 없는 친정어머니의 고희상
이다.

인생칠십고래희人生七十古來稀라 했던가. 백세시대가 됐다는 요
즘 세상이고 보면 너무 큰 격세지감의 말이다. 그래서인지 고희라
는 말보다 단지 십이 일곱 개라는 의미의 칠순이 더 많이 통용 되
고 있다. 회갑연이 그러하듯 칠순 또한 동네잔치가 아닌 가족 혹
은 가까운 친지끼리의 한 끼 식사 정도로 그치는 것이 흔한 일이
되어 버렸다. 여행을 보내 드린다든지 용돈이나 선물이 커지는 것
이 여느 해의 생일과 다른 점이라고나 할까.

친정어머니 역시 마찬가지다. 칠십 평생을 살아오시는 동안 얼마나 많은 고생을 하셨던가. 갓 스물이 되기도 전에 가난한 농부의 아내가 된 어머니. 저승 고개보다 더 힘들다는 보릿고개를 넘고 또 넘기며 육남매를 키우고 대학까지 다 보내신 어머니. 여유가 생기려는 즈음해선 아버지께 찾아든 병마와 싸우셔야 했으니 그 인생의 고달픔이야 말해 무엇 하리. 그럼에도 웃음을 잃지 않고 아내와 어머니의 역할을 충실히 다 하고 계심은 낙천적인 성격 덕분이기도 하겠지만, 무엇보다도 부지런하고 자상하시며 가장으로서 책임감 강한 남편과 함께였기 때문일 것이다.

그런 어머니의 칠순이기에 우리는 근사하게 고희연을 베풀어 드리고 싶었다. 그러나 어머니는 한사코 반대하셨다. 남동생의 지인 일본 기업인의 초청으로 겨울과 여름 두 번의 일본 여행을 원 없이 다녀왔으니 그것으로 넘치는 선물이 됐다는 것이다.

장남인 오빠가 먼저 잔을 올리려 할 때 우리는 잠시 의아스러웠다. 어머니께서 양 손에 잔을 들고 계신 것이다. 우리는 칠순을 엄청 기다리셨나 보다고, 그렇다고 한꺼번에 두 잔을 받는 경우가 어딨냐고 웃으며 핀잔했다. 그러나 어머니는 아랑곳 않으시고 나머지 한 쪽을 맏사위 앞으로 내밀며 채우라고 하신다. 그리곤 양 손의 잔을 들어 올리신다.

"보이소, 지금 여기 계시지예? 이 사람 칠순이라고 우리 금쪽같은 예삐들 오늘 다 모였십니더. 당신 먼저 이 잔부터 받으이소.

자식, 손자 하나라도 소홀히 마시고 우짜든지 건강하고 또 잘 되거로 해주이소. 이 사람도 당신 옆에 갈 때꺼정 끝까지 돌봐주시고요." 목울음으로 끝말을 삼키시며 어머니는 아버지의 잔을 먼저 비우시고 당신의 잔을 마저 비우셨다.

어머니는 집을 나설 때부터 아버지와 함께 오신 모양이다. 그리고 품에 앉히고는 아버지도 당신의 몸을 통해 술을 드시게 했던 것이다. 마땅히 이젠 자식을 따르고 계셨지만, 그래도 어머니는 먼저 가신 남편을 마음으론 더 많이 의지하고 계셨던 것 같았다. 팔순 노모가 육순 아들 걱정 한다는 옛말이 말해주듯, 어머니 역시 아직 부모로서의 그런 짐을 스스로 지고 계셨을 터, 아버지의 영정을 실상인 양 응석을 부리기도 하고 때론 응원을 구하기도 하며 지금까지 지내 오셨던 모양이다.

남편이란 말을 옛날엔 순우리말로 지枝아비라 했다. 금지옥엽 키우던 딸을 시집보내는 아버지의 마음이 고스란히 사위에게 당부가 되어 옮겨지며 생겨난 말이 아닐까?

아버지라는 나무에서 뻗어 나온 하나의 가지, 자식 모두의 아버지가 아닌, 우리 아버지가 특별히 만들어준 '오로지 나만의 아버지.' 그것은 지어미 역시 마찬가지다. 그리하여 힘들 땐 서로에게 부성과 모성으로 감싸고 의지하며 살아가라는 부모 사랑이 지아비나 지어미라는 말 속에 녹아있는 것인지도 모른다. 어쩌면 지금의 어머니께도 아버지는 그런 의미의 지아비가 아닌지.

양 손에 받아든 술잔의 의미를 그제야 알아챈 우리들의 눈시울이 일제히 젖어 들었다. 굳이 잔치를 마다하신 진정한 이유도 알 것 같았다. 병상에 계셔 칠순 잔치를 하지 못하셨던 아버지가 못내 걸리셨던 것이다.

어머니는 차려진 음식을 드시고 계셨지만 마음은 이미 아버지의 산소에 가 계셨다.

"어머니, 내일은 다 같이 아버지 산소에 한 번 더 댕기오입시더."

"뭐 하거로? 낼 모레가 추석인데 그 때 가모 되지."

추석을 앞둔 건 사실이지만 그건 핑계일 뿐 어머니는 아버지와 단둘이 만나고 싶은 모양이시다.

"…할머니, 건강하게 오래오래 사셔요."

막내 손녀의 편지 읽는 소리를 담아 어머니는 휘익, 휘익 억새풀을 젖히며 지아비를 찾아가고 계셨다. 억새풀이 갈라지는 그 산길 위로 어여쁜 색시의 하얀 치맛자락이 약속이라도 한 듯 육남매의 젖은 눈동자 위에 아롱거린다.

군인 엄마 단상

북한의 핵실험 소식, 순간 가슴이 철렁 내려앉는다. 아니지? 제대했지.

우리 군의 방어 단계를 '최고수준 대비태세'로 올렸다는 특보. 지금 복역 중인 군인의 부모들 가슴이 얼마나 타들어 가고 있을까. 전시와 마찬가지 태세로 총을 메고 있는 우리의 아들들은 얼마나 긴장될까. 내 아들이 제대했다고 잠시나마 다행이다 싶었던 맘이 미안하고 부끄러워진다. 사거리 500km는 물론 포항에서 쏘면 두만강까지 타격이 가능한 800km 탄도미사일도 2017년까지 실전 배치할 수 있게 된다고 한다.

포항이란 말에 다시 가슴이 뛴다. 나에게 포항은 단순히 세계 제일의 제철공장 도시가 아니다. 작은 아들이 스무 살, 스무 한 살의 청춘을 고스란히 나라에 바친 곳이다. 국방이란 의무를 지고 가슴에 귀신도 잡는다는 빨간 명찰을 단 곳, '대한민국 해병대의 도시'로 각인되어 있는 곳이다. 근 두 달을 매일같이 편지로 무탈을 기원했던 훈련병 엄마의 애타는 맘이 아들의 땀과 함께 오천읍의 바닷물을 일렁이게 했던 곳, 해병대 훈련소가 있는 포항은 내게 그런 곳이다.

지난여름 비무장 지대에 총성이 울려 퍼지고 우리의 병사 세명이 그 총에 맞아 피를 흘리던 날, 전쟁준비 짐 싸서 포항대대로 곧 복귀한다는 아들의 전화, 나라를 위해 죽을 각오까지 했었단 말인가?

"…어쩌면 엄마 마지막 전화가 될 지도 몰라요. 엄마 사랑해요"

"…응? 으응 우리아들. 엄마도 우리 예삐 사랑해. 하나님이 지켜주실 거야. 엄마도 우리아들 지켜줄게. 군복에 붙은 태극기가 엄마라고 생각해. 우리 아들 꼭 지켜줄게. 밥 많이 먹어. 밥 많이 먹어…"

망치로 머리를 맞은 듯했다. 이제 통화 그만하고 가야 된다는 말에 할 말이 생각나질 않았다. 뜬금없이 태극기와 밥 많이 먹으라는 말만 다급하게 되풀이했던 그날을 생각하면 지금도 눈물이 난다. 지천명에 이르는 나이 동안 전쟁의 무서움을 그토록 실감해 보기는 처음이었다.

군인 아들 둔 부모의 맘을 딸만 있는 엄마는 알 수 있을까? 아들이 전쟁을 치를지도 모른다는 위기감을 당해보지 않고 알 수 있을까?

...

한자 '의(義)'는 '양(羊)'과 '나(我)'를 합친 글자이다. 我(手+戈)는 손에 창을 들고 '나'를 지키는 모습이고, 양은 고대사회 천제의 희생 제물로 바쳤던 동물이다. 그러니까 먼저 자신을 지킬 줄 알고 사랑할 줄 아는 올바른 사람이 되어 하늘에 감사제의를 올리는 모습이 바로 '의'인 것이다. 그러한 '나'가 내 소중한 모든 것을 안고 있는 나라를 지키기 위해 기꺼이 군인이 된다는 것은 얼마나 의롭고 가치 있는 일이겠느냐. 나라를 지킨다는 것은 나를 지키고 내 부모 형제를 지키고 내 여자를 지키고, 사랑하는 모든 사람과 민족을 지키는 의로운 일이니 국방의 의무를 다한다는 것은 얼마나 멋진 일이냐!

...

훈련소에 입소한 두 아들에게 보낸 첫 편지의 일부이다. 불과 한 달 전까지만 해도 군인인 두 아들의 엄마였던 난 단 한 번도 군복무가 양성평등에 어긋난다거나 남녀차별이라는 생각을 해본 적이 없었다. 두 아들을 한꺼번에 군에 보낸 애국자라며 으스대기까지 했었다. 단지 군인 가산점을 없앤 것에 대해서는 아쉬움을 갖고 있는 한 사람이다. 여성에게 생리휴가를 주고 육아 휴가를 주는 것처럼 군인 가산점도 재고해주기를 바라는 한 사람일 뿐이다.

언제부터인가 우리 사회에 양성평등 혹은 남녀평등이란 말이 자주 쓰이고 있다. 양성평등은 '일반적으로 남녀의 성에 의한 법률적·사회적 차별을 하지 않는다는 원칙을 말하며 남녀평등이라고도 한다.' 여성에 대한 사회적인 인식과 대우가 나아진 반면 아직도 남성에 비해 부당하게 차별을 받고 있다는 뜻이기도 하다.

우리나라는 2001년 여성부를 신설하고 다시 2005년에 여성가족부로 개편하면서 여성의 권익증진과 지위향상에 꾸준히 정책적인 노력을 해왔다. 그 결과 여성에 대한 사회적인 인식과 대우가 많이 개선된 편이다. 그러나 한 편에서는 지나친 여성주의로 인해 남성의 역차별을 호소하는 소리도 점점 높아지고 있는 현실을 외면해서는 안 될 것이다. '딸 둘 아들 하나면 금메달, 딸 아들이면 은메달, 딸만 있으면 동메달, 아들만 있으면 목메달', '똑똑한 아들 나라 차지, 잘 난 아들 장모 차지, 못난 아들 내 차지'라는 항간의 속설들이 단지 말장난에 지나지 않는 것일까?

한자 '여(女)'는 장차 태아를 키워낼 자궁을 보호하기 위해 두 다리를 다소곳이 모으고 있는 모양을 상형한 글자이고 '남(男)'은 여성을 임신시킬 수 있는 힘과 그 식구들을 먹여 살릴 밭을 갈 수 있는 힘을 상징하는 글자이다. '평(平)'이란 글자는 양쪽 무게가 똑같아 어느 한 쪽으로 치우치지 않는 저울의 모양'을 상형한 것이고 '등(等)'은 대나무의 마디 크기가 비슷한 것을 상형한 것이라고 한다. 저울의 양쪽에 올려 진 것이 물건에만 한정 되었을까?

나의 주관적인 해석이지만 동양적 사고 측면에서 '平'자를 다른 시각으로 보면 '하늘(一)과 땅(一) 사이를 나무(丨)가 연결하고, 양쪽에 각각 사람(丿丶)이 한 명씩 있는 모양' 즉 '신단수 밑에서 기도하고 있는 여자와 남자'를 상형한 '무(巫)'에서 파생한 글자로도 볼 수 있다. 고대 원시사회에서 신과 인간의 교통은 무가 담당했었다. 남무가 사람들의 소원을 신께 올리면-이것을 告라 한다- 여무는 신의 응답을 사람들에게 전하는 역이었다-이것을 事라 한다. 역할은 다르지만 그 공에 있어 어느 쪽의 경중이 있을 수가 없다. 그런 연유로 유추컨대 고대 원시 사회 당시엔 남자와 여자는 서로 하는 일은 다르지만 신 앞에서는 동등했음을 알 수 있다. 그러던 것이 문명과 산업의 발달로 남녀차등과 차별이 생기고 다시 노동운동과 여성운동으로 오늘날의 양성평등에까지 이르게 되었다.

국방의 의무가 의로운 것이라고 힘주어 아들에게 말해주었던 것처럼 이 땅의 딸들에게도 가장 위대한 존재라고 말해주고 싶다. 생명을 잉태하고 낳고 기르는 일은 사람의 영역을 넘어 신에 가까운 영역이기에 단지 의롭다는 말로는 부족하다. 우리나라 인구증가율이 점점 감소하여 OECD 국가 중 꼴찌라는 실정을 감안하면 딸 가진 엄마는 더 큰 애국자라 해야 할 것이다.

이렇듯 태초부터 사람이 남자와 여자로 나눠져 있는 것은 고유의 역할이 있기 때문이란 걸 인정하고 염두에 둔다면 양성평등에 대한 견해도 보다 유연해지지 않을까? 때로는 남녀 차이에 대한 정확한 인식으로 서로를 배려하고 인정하고, 또 때로는 성별차이가 아닌 개성과 능력에 따라 정당하게 대우하면서 서로에 대한 존중으로 경쟁과 상호보완적 협력을 할 때 사회는 한층 발달되고 진정한 양성평등이 뿌리내릴 것이다.

　전방에서는 연일 휴가와 제대를 반납하는 군인들이 속속 늘고 있다고 한다. 의무로 하는 것이 아니라 이젠 진정한 사나이의 의리와 책임으로 나라를 지키겠다는 대한민국 아들의 숭고한 정신에 코끝이 찡해진다.

잔소리

한바탕 폭풍이 온 마음을 헤집고 지나간다. 그러지 말아야지 하면서도 점점 더 심해지는 나의 간섭들, 수험생인 아이에게 꼭 필요한 조언이라고 하지만 문제는 정작 아이에겐 듣기 괴로운 잔소리가 되어버렸다는 사실이다. 언제부터인가 아이가 건성으로 듣고 있다는 것을 알고 있기에 가급적이면 절제하려 했었다.

과유불급이라 했던가.

잔정이란 말이 그렇듯 잔소리 역시 애초엔 더할 나위 없이 좋은 의미였을 것이다-여기서 '잔'이란 그 어근을 굳이 따지자면 크고 굵은 것을 자잘하게 '자르다'의 관형격인 '잔'이 접두사로 쓰인 경우로 볼 수 있다. 아직 소화 기능이나 씹는 능력이 제대로 발달하지 못한 유아기엔 소화가 잘 될 수 있게 먹이는 것이 육아의 기본이다. 그것은 모든 동물의 모성본능이다. 그러므로 가급적 잘게 자르거나 다지거나 갈아서 요리를 하고, 심지어는 엄마가 씹어서 주는 일까지도 서슴지 않았던 것이다.

마찬가지로 생각이 덜 자라 시비와 안전에 대한 올바른 판단을 할 수 없는 시기엔 아이의 일거수일투족에 신경을 쓰며 '해라/하지 마라, 돼/안 돼'가 주를 이루는 말로써 아이를 훈육한다. 이 때 하는 엄마의 말이나 지시는 대부분이 알아듣기에 가장 쉬운 기본적인 문장이나 단어를 사용한다. 말하자면 음식처럼 말도 가장 잘게 부수어서 하는 것이다. 그러므로 엄마의 이 짤막한 말은 앞으로도 계속될 생존 혹은 생활에 가장 필요한 자양분이며 밑거름이 된다.

문제는 그 이후의 엄마의 태도이다. 이가 다 자라 충분히 씹을 수 있고 소화 능력이 생겼다 싶을 땐 영유아기의 조리법을 더 이상 쓰지 않는다. 그러나 행동에 대한 것은 어떠한가? 더 이상 말로써 할 훈육이 아님을 잘 알면서도 노파심으로 변형된 사랑은 자꾸만 그 사실을 잊곤 한다. '잔殘소리'는 이미 말 그 자체부터 부정적 의미를 포함 하고 있다. 정도가 지나쳐 아무런 의미도 말도 되지 못할 뿐만 아니라 상처를 또 찌르는 잔인하기까지 한 말이다. 그것은 마치 우리 몸에서 분비되는 위액과도 같다. 적당한 위액이 소화를 촉진시키듯 적당한 잔소리는 자칫 나태해지려는 것을 막아주기도 하고 비뚤어지려는 방향을 바로 잡아주기도 한다-사실

이런 경우엔 잔소리가 아니라 조언이라는 말이 적절할 것이다. 그러나 위액의 지나친 분비가 위염을 일으키고 심하면 위벽을 뚫는 궤양을 만들어 버리듯 잔소리 역시 지나치면 듣는 사람의 가슴을 옥죄는 '잔인한 말'로 변할 수가 있음을 왜 또 깜빡했을까?

"어휴, 또."

한숨처럼 흘러나오는 아이의 말투, 아차 싶다.

"엄마는 제게 잔소리 하시는 게 재미있으세요?"

아이의 체념 섞인 웃음에 슬픈 모성은 미안해진다.

'네가 자꾸만 안 들으니까 그러는 거지.'

백 팔십을 훌쩍 넘은 큰 키에 살집이라곤 없어 언제 봐도 마음이 쓰이는 아이.

오늘 따라 등 뒤에 매달린 책가방이 더욱 버거워 보인다.

"엄마가 태워 줄까? 가방 너무 무겁겠다."

아이는 그냥 눈인사만 하고 얼른 엘리베이터를 타버린다. 딴에는 하느라 일요일인데도 독서실로 나섰건만, 일찌감치 가지 않고 어정대는 바람에 몹쓸 놈의 잔소리가 터져버린 것이다. 부끄럽다. 이쯤으로 응수하고 마는 것이 오히려 고맙기조차 하다.

아이가 힘들어할 때 해줄 수 있는 말을 찾지 못해 머릿속 가득 기도만으로 채운 후, 아이가 누웠던 자리 그대로 누워 아이에게 그 기도가 옮겨지길 바랐다는 어느 수필이 스쳐간다. 버리고 비우는 일은 소극적인 삶이 아니라 지혜로운 삶이라 하셨던 법정스님의 말씀도 떠오른다.

　엄마라는 이름으로 하는 말이 잔소리가 아닌 고농축 영양제가
될 수 있게 지혜를 구할 일이다. 욕심을 버리고 그 자리 여백으로
두어볼 일이다. 아이가 힘들 때 가만히 안겨 들 수 있는 따뜻한 품
이 될 수 있도록.

/

4부

/

마당에 서다

푸성귀와 감나무가 있고 하얀 수건과 명태 몇 마리가 춤을 추는 빨랫줄, 시간을 따라 남편과 아이들을 만나게 해준 성스러운 친정집 마당에서 인생 제2막의 출발을 축하받고 싶다. 봄을 기다리는 뭇 생명들이 어울림 하는 겸허한 탄성의 박수를 받고 싶다.

- 본문 〈마당에 서다〉 중에서

마당에 서다

한 움큼 바람이 부려놓은 햇살에 마당 가득 생기가 남실거린다. 사모관대와 염의를 갖추고 마주한 신랑신부의 얼굴에 긴장이 묻어난다. 운명의 인연에 절개를 다짐하며 송죽松竹에 걸어놓은 청실과 홍실, 전안례를 치른 기러기의 금슬이 밤과 대추알에서 반질거린다. 상에 오른 이유를 아는지 장닭과 암탉 또한 계오덕鷄五德을 이르며 점잖게 앉아 있다.

농협 마당에서 치른 초례상의 모습이다. 남편과 난 전통 혼례를 변형한 별난 결혼식을 했었다. 예닐곱 살 때 큰집 마당에서 보았었던 언니들의 혼례식을 품고 자란 꼬마가 기어이 주인공으로 초례청에 섰던 것이다.

그런 내게 마당은 특별한 의미로 자리하고 있다. 아이에서 소녀로 아가씨로 부부로 탄생된 생명의 공간이다. 햇빛과 바람과 빗물이 머물며 시간 속에서 생명들이 만나는 어울림의 장소다. 마당에서 탄생된 부부는 다시 마당 안에서 생명을 잉태하고 낳아서 기른다. 아무리 초가삼간 오두막이라도 마당이 있고 울이 있다. 그 울은 도둑을 지키는 높은 담장이 아니다. 싸리나 개나리를 엮어 나지막이 마당을 둘러치면 족하다. 마당은 생명이 나고 자라는 성스러운 곳이기에 바깥세상의 속(俗)과 구분을 하는 경계로 울타리를 쳤던 것이다. 우리말의 '우리'라는 어원이 바로 이 '울'에서 비롯된다. 우리는 '나'의 복수형이 아니라 같은 울안에 있는 공동체란 의미이다. 자식이 하나라도 우리 아버지, 우리 오빠, 우리 동생인 것이다. 우리말을 바로잡는다며 굳이 내 아버지 내 오빠 동생으로 말하는 건 전통적인 우리말의 표현과는 거리가 있다.

앨범 속에서 건져 올린 지나간 시간, 카메라에 담겨 사진이 되고, 마음에 머물러 추억이 되었던, 공교롭게도 결혼 삼십 주년의 시간이 포개어진 오늘, 사진 속 홍조 띤 신랑 신부는 어느 덧 두 번째의 인생을 맞이하고 있다.

벽을 장식한 풍선과 그림편지, 꽃다발과 축하 화분, 꽃바구니와 상패가 놓인 테이블 위로 카메라가 지나며 순간을 붙들어 영원에 담는다.

〈최고 아버지 상〉

행복한 우리 가족을 위해 매일을 헌신하신 아빠!

회사 생활 30년을 무탈 건강히 마치시게 되어 축하드리고 감사합니다.

아빠가 반석 위에 지으신 튼튼한 집 안에 있었기에 험난한 사회로부터 비가 내리고 바람이 불어도 저희는 안전하였습니다.

가장으로서 짊어진 삶의 무게가 때로는 무겁고 외로우셨을 텐데 내색 없이 견디고 이겨내신 아빠, 정말 수고 많으셨습니다. 이제 자랑스러운 두 아들이 우리 가족의 지지대가 되어 엄마 아빠의 두 번째 인생을 빛내겠습니다. 언제나 든든한 버팀목이 되어주시고 사랑 가득한 따뜻한 가정으로 지켜주신 아빠께 영원한 감사와 존경의 마음을 담아 이 패를 드립니다.

감사합니다, 사랑합니다, 아빠!

2021. 1. 26. 강상원, 강도원 올림

큰아들의 초안에다 보태어 두 아들의 마음이 새겨진 감사패, 삼십 년의 삶의 궤적이 오롯이 순금으로 빛을 발한다.

개식사와 국민의례에 이어 '이 세상 강호철이란 단 한 사람'으로 아버지의 이력을 소개하고, 감사패 전달, 큰아들과 나의 편지 읽기, 아버지의 소감으로 진행되는 퇴임식을 기획한 아들이 한없이 고맙고 듬직하다.

풍선에 어우러져 멋진 현수막이 된 편지를 읽는다. 결혼 전 쓰곤 했던 그림편지를 떠올리며 새 달력 신축년 1월에다 쓴 손편지이다. 지금껏 장닭같이 가족을 건사하고 있는 남편에게 큰절을 올린다.

신한 생활 올해로 꼬박 삼십 년, 1991년은 당신에게 이립而立을 확실하게 가져다준 행운의 해였습니다. 연인으로 만난 지 칠년 만에 당신은 입행을 하고, 그 기반으로 우리는 부부가 되었지요.

상원이 도원이 두 예삐를 낳아 저리 훤칠한 청년 되도록 당신은 언제나 든든한 울이었습니다. 그런 남편이었고 아빠셨기에 아웅다웅하면서도 알콩달콩 난 당신을 사랑하는 행복한 아내로 살 수 있었습니다.

풋풋한 청년의 패기와 열정으로 숨 가쁘게 달려온 지금까지가 인생 제1막이라면, 그 소임을 삼십 년 동안 훌륭히 해낸 오늘을 퇴임이라 하지 않고 졸업이라 부르겠습니다. 내일부터 진학하는 인생 제2막의 학교는 이제 가장이란 짐은 조금 덜어 놓고 정신적 울타리로서 본보기가 되어, 그간 접어두었던 지명知命의 꿈을 이순耳順으로 다려가며 가지런히 걸어가는 여유의 학교가 되시길 빌겠습니다.

졸업과 입학을 축하합니다. 부부로 살아온 삼십 년의 세월 동안 오늘이 가장 고마운 날입니다. 여보, 수고하셨어요. 고맙고 감사합니다. 당신이 걸어가는 길, 두 번째의 학교에서도 동창으로서 언제나 응원하는 당신의 동무가 되겠습니다.

-당신의 아내 흚

친정에 가면 가족사진을 찍어야겠다. 번듯한 모양새는 아니지만 마당을 밟아야 들어서는 시골의 친정집을 좋아한다. 푸성귀와 감나무가 있고 하얀 수건과 명태 몇 마리가 바람에 춤을 추는 빨랫줄, 시간을 따라 남편과 아이들을 만나게 해준 성스러운 우리 친정집 마당은 내 생명의 영원한 안식처다.

그 마당에서 인생 제2막의 출발을 축하받고 싶다. 봄을 기다리는 뭇 생명들이 어울림 하는 겸허한 탄성의 박수를 받고 싶다.

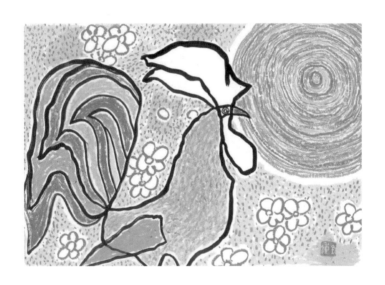

아들과 함께

비둘기색 하늘이 잿빛으로 어두워지면서 그치는가 싶던 눈이 다시 내리기 시작한다. 제법 커진 눈송이가 바람을 타고 춤추듯 내린다. 봄바람에 분분히 떨어지는 벚꽃처럼 사방으로 흩날린다.

목적지인 정상 백운대는 금방일 것 같으면서도 한 발 한 발이 여간 더딘 것이 아니다. 등줄기를 타고 흐르는 땀과 턱에까지 차오른 숨을 도저히 견디지 못해 길을 비켜 쉬기를 몇 번째였던가.

유년과 청년 시절을 온전히 내 고향 산등성이 속에서 보냈던 내게 산은 당연히 고향의 일부였고 추억의 밑그림이었다. 봄이면 진달래와 삐삐를 찾아 다람쥐처럼 산을 누볐고, 여름엔 소 먹이러 가시는 할머니를 따라 그 짙은 녹음 속에서 더위를 식혔다. 가을엔 굴밤을 주워와 어머니의 묵 솜씨를 마음껏 자랑했었고, 밤 새

하얀 눈이 쌓인 겨울, 토끼 잡으러 가는 오빠를 따라 눈 덮인 산을 얼마나 오르내렸던가.

날렵하던 그 아이는 어디로 가고, 지금은 그 아이보다 훨씬 더 큰 두 아이의 엄마가 되어 힘겹게 산을 오른다. 고향의 뒷산보다 산세가 험한 북한산, 그것도 최고봉인 백운대를 오르려니 참으로 벅차다. 중학생인 두 아들이 앞에서 끌고 뒤에서 밀어주건만 숨이 차기는 마찬가지다. 어느새 훌쩍 자란 우리 아들들. 하나는 딸이 었으면 하는 아쉬움이 지금은 온데간데없다. 두 아들에게 몸을 의지하며 응석을 부려본다. 남편과는 또 다른 든든함이다.

땀이 식자 찹찹한 기운에 제 온기 지키려는 살갗이 오슬오슬 소름을 돋운다. 귤 한 알과 보온병의 따뜻한 고엽잎차로 목을 축이고 다시 바윗길을 오른다. 아이젠의 쇠 소리가 귀에 재그랍다. 고개를 들어보니 태극기가 나부끼고, 깃대를 잡고 손을 흔드는 사람의 환호도 정답다. 가장 큰 부러움의 대상이 가장 난코스 앞에 있다. 급경사로 깎아 내린 바위는 머금은 물기로 얼어서 더욱 반들거린다. 미끄러지지 않으려 안간힘을 쓰지만 난 끝내 미끄러지고 말았다. 바로 밑에서 큰아들이 재빨리 받쳐준다. 그만 내려갈까요? 두 아들의 걱정스런 눈빛이 내 눈에 담긴다. 바위에 부딪힌 무릎의 아픔이 뼛속으로 묵직이 스며들지만 윙크로 답을 보낸다. 고지가 바로 저긴데 예서 말 수는 없다. 학창시절 배웠던 시조를 살짝 읊조리며.

발로 디디는 힘보다 난간과 쇠줄을 잡고 팔 힘을 더 많이 이용해야 오를 수 있는 마지막 관문을 우리는 간신히 통과했다. 먼저 온 사람들이 그랬듯이 우리도 깃대를 잡고 양팔을 휘저으며 올라오는 사람들의 부러움을 만끽한다.

정상에선 희뿌연 구름 사이로 날카로운 햇살이 오히려 더 추운 느낌이다. 바람 또한 어찌나 매섭게 불어대는지. 까딱 잘못하면 까마득한 절벽 아래로 떨어질 것도 같아 아찔하다.

우리는 기념사진을 찍고 바람이 덜한 편편한 자리에 앉았다. 컵라면과 김밥. 산에서는 누가 뭐래도 가장 진수성찬이다. 홍시만큼 빨개진 귀가 어미의 마음을 찌르건만 아는지 모르는지 컵라면에만 얼굴을 박고 있다.

"엄마도 얼른 드세요."

변성기가 지난 굵은 목소리다. 한창 사춘기이고 나름대로 가치관도 생기는 중이며 또한 호기심도 강할 때다. 그 호기심이 엇나가지 않고 앞으로의 인생에 필요한 에너지로 잘 활용되기를 바랄 뿐이다. 이번 산행을 통해 집에서는 느끼지 못했던 모습들을 많이 보여준다. 학교와 학원에서 주로 보내다 보니 형제끼리의 시간도 많지 않는데 서로 도와가며 엄마의 보호자 역할까지 톡톡히 하고 있는 모습에 마음이 뿌듯해진다. 김밥 속의 단무지 씹히는 소리와 후루루 국물 마시는 소리가 경쾌하다.

그토록 힘든 오르막을 올랐으니 내리막은 가뿐히 내려올 수 있겠지. 그러나 착각이다. 오르막보다야 덜하지만 후들거리는 다리와 얼어붙은 땅이 자꾸만 휘청거리게 만들어 내려오는 길도 영 만만치가 않다. 우리는 백운대를 내려와 북한산성의 성벽을 바람막이 삼아 잠시 다시 앉았다. 발자국이 또 다른 발자국의 인도자가 되어 만들어진 길. 꽃과 녹음과 단풍으로 우거져 있을 땐 산 속에 난 길들이 보이지 않았다. 모든 걸 벗어 던진 겨울 산에 눈이 내리자 길은 길대로 나무는 나무대로 제각기 눈옷을 입은 모양새가 서로를 드러낸다. 그리하여 눈 덮인 산 속의 오솔길은 시루처럼 켜켜이 이어지고, 그 길마다에 묻어두고 간 무수한 사연들을 길은 또 길에게 할머니의 옛날 얘기처럼 도란도란 풀어놓는다. 그래서일까? 산속의 오솔길이 유난히 정답고 구수하다.

내려오는 길은 두 녀석이 더 많이 휘청거린다.

미끄러질 듯 휘청대면서도 넘어지지 않고 잘도 내려가는 아이들. 내리막길도 방심하지 않고 끝까지 최선을 다해야 됨을 스스로 깨달을 것을 나는 믿는다.

내가 남편을 두고 굳이 두 아들만 데리고 이 겨울에, 더구나 험한 백운대를 택한 이유를 우리 아들들은 알고 있을까? 멀지 않은 날에 아빠랑 함께하는 남자들만의 산행도 권해보리라 생각하며 조심스레 언 땅을 밟는다.

송강松江과 강아江娥의 사랑

-송강에 살어리랏다

　　초입의 '義妓江娥 墓' 비가 우리를 반긴다. 한 남자를 사랑했기에, 그 남자가 그토록 아끼고 사랑했던 조국이었기에, 나를 버리며 목숨 걸고 적진까지 뛰어들 수 있었던 진정한 용기. 그것이 '의 義'다. 강아는 의기였다.

　　낙엽들이 봉분과 주변을 이불처럼 덮고 있다. 덜 바랜 단풍잎 몇 개가 꽃이 되어 피어있다. 동기童妓 강아가 무덤 속을 나와 봉분 위에 동그마니 턱을 괴고 앉았나 보다.

　　강아는 입동 지난 초겨울의 바람을 쐬며 스승이 진천으로 이장을 가시기 전까지 함께 했던 많은 시간을 떠올렸다. 밤이면 손을 잡고 마을을 거닐었다. 넉넉한 달빛을 가리며 지나가는 구름소리(淸宵朗月 樓頭閧雲聲, 맑은 밤하늘에 밝은 달이 누각머리를 비추는데 마침 달빛을 가리며 지나가는 구름 소리)도 스승이랑 들었다. 세상에서 가장 아름다운 소리라 해도 우리 강아가 켜는 가야금 소리만 하겠느냐? 하시며 미소짓던 스승님의 그윽한 눈빛과 음성, 강아에겐 세상에서 가장 아름다운 소리로 머물러 있다.

'술이 반 쯤 취해 즐겁게 손뼉 치며 이야기 나눌 때 보면 마치 하늘나라 사람인 듯하지'라고 하셨던 이항복 선생의 말처럼 강아는 스승이 구름소리까지 들을 줄 아는 정말 하늘에서 온 사람이라고 생각했었다.

송강소나 공릉천에 나가 물고기를 잡기도 했었고, 스승이 먼저 강아를 불러내거나 응석하듯 강아가 스승을 찾아가 혼유석에서 함께 노닐기도 했었다. 그럴 때마다 문화 유씨 마님은 불평 없이 남편을 보내주곤 하셨다. 남편이 외로이 강계에 위리안치 되었을 때 강아가 목숨 걸고 찾아가 보살폈고, 자기가 못한 남편의 시묘살이에 여생을 바친 여인, 비록 첩-기녀 신분으로 문헌상에 '누구의 첩'이라 기록된 예는 강아 뿐이라 한다-이라 해도 유씨에겐 연적이 아니라 연민이 가는 아이였다. 덕분에 강아는 살아서 나누지 못한 사랑을 혼백으로 너울너울 맘껏 사랑을 어울었다. 강아는 이승에서보다 저승에서 더 행복한 여인이었던 것이다.

남원에서 스승과 함께 한 시간은 일 년이 채 못 되었다. 도승지를 임명받아 다시 한양으로 떠날 때 스승은 시를 지어 강아의 맘을 달래주셨다.

詠紫薇花

一圓春色紫薇花 (일원춘색자미화)

纔看佳人勝玉釵 (재간가인승옥채)

莫向長安樓上望 (막향장안루상망)

滿街爭是戀芳華 (만가쟁시연방화)

봄빛 가득한 동산에 곱게 핀 자미화

그 예쁜 얼굴 옥비녀보다도 곱구나

망루에 올라 장안을 보지마라

거리에 가득 찬 사람들 모두 네 모습 사랑할라

강아를 두고 떠나야만 하는 얽힌 선생의 마음이 엿보인다

망루에 올라 장안을 보지 말라 하셨지만, 십 여 년 동안을 강아
는 망루를 오르내렸다. 가슴에 옴팡지게도 머물러 계신 스승이었다.

그 후 광해군을 세자로 책봉해야 한다는 충언을 했다가 선조의
미움을 사 강계로 유배되었다는 소식에 밤낮 없이 달려갔던 강아
였다. 십 년 만에 나타난 강아를 얼른 못알아 보셨지만 이내 감격
의 해후를 했다. 동기가 아닌 완연한 여인 진옥으로 성심을 다해
스승을 모셨지만-그 때 문답한 살송곳과 골풀무의 시조는 음사의

색이 짙어 진옥과 강아가 동일인물이라는 설과 아니라는 두 설이
있다- 스승의 복직으로 또 이별해야만 했었다. 다시 만나기 어렵
다는 걸 강아는 알았고 그 마음을 시에다 담았다. 『권화악부權華樂
府』에 전한다.

人間此夜離情多 (인간차야이정다)
落月蒼茫入遠波 (낙월창망입원파)
惜間今硝何處佰 (석간금초하처백)
旅窓空廳雲鴻過 (려창공청운홍과)

오늘밤도 이별하는 사람 하 많겠지요
슬픈 달빛만 물속에 지네
애닯아라, 이 밤을 그대 어디서 주무시는지
나그네 창가엔 기러기 비껴가는 구름 소리 뿐

시절 따라 이별한 사람 어디 혼자뿐일까마는 헤어진 스승 소식
이 궁금해 하늘을 본다. 달빛마저 슬픔을 머금고 서쪽 바다 아득
히 물결 속에 떨어진다. 스승이 지나갈까 공연한 마음, 창가에 귀
기울이지만 기러기 비껴가는 구름소리만 들릴 뿐이다.

1592년 임진왜란이 일어나자 강아는 스승을 만나기 위해 길
을 떠났지만 왜병에게 붙잡혔다. 자결을 하려했으나 의병장 이 량

의 권유로 왜병장 소서행장小西行長을 유혹하여 평양성 탈환에 공을 세웠다. 강아는 그런 처지로 차마 스승께 가지 못하고 절에 들어가 보살 소심素心이 되었다. 1593년 스승의 사망 소식을 들은 강아는 송강마을에 와서 묘를 보살피며 남은 생을 다했던 것이다. 어느 날 선생의 무덤 옆에서 죽어있는 강아를 마을 사람들이 지금의 터에 묻어주었고, 이런 강아를 고양의 신원동 사람들은 의기라 했고, 강아 아씨라 불렀다.

살아서 한양 쪽을 바라보며 그리움을 달래곤 했던 것처럼 강아는 이제 무덤 위에 앉아 진천을 바라보며 스승을 그린다. 혼자 두고 멀리 가버린 스승이 야속할 법도 하건만 강아는 초연하다. 애제자 강아와 여인 진옥으로 함께 나눈 시간은 짧았으나, 보살 소심의 마음으로 스승의 묘를 보살피며 마음껏 교감하던 시간들도 간직할 수 있었다. 죽어서도 한 동안을 스승의 훈김 안에 있었기에 혼자 남은 것에 외로워하지 않았다. '곡즉이실'도 그러려니와 '사즉동혈'(穀則異室 死則同血, 살아서는 같이 살 수 없지만 죽어서는 함께 묻히겠다는 남녀간의 약속의 말, 출전『시경』왕풍)은 꿈조차 꿀 수 없는 처지였음에도 칠십여 년을 스승과 함께 있었고, 지금도 선영에 그대로 있으니 감사할 따름이었다.

혼자 남은 강아의 묘가 외롭고 슬퍼 보일 거란 예상은 괜한 걱정이었다. 봉긋 솟은 무덤이 동기 시절 강아의 젖몽오리마냥 앙증

맞다. 집안 어른들과는 적당히 떨어진, 볕 잘 드는 곳에 있는 소녀의 흡족한 '나만의 방'이다.

강아는 남원 기녀 자미를 말한다. 1583년 송강선생이 전라도 관찰사로 부임 받아 남원으로 왔을 때 열 살 남짓한 동기였었다. 자미화(목백일홍꽃)를 좋아하여 '자미'라는 기명이 생겼고, 선생이 오신 이후론 사람들은 선생의 호 송강의 '강'을 따서 '江娥'라고 불렀다. 글자대로 풀이하자면 '송강의 어여쁜 여인'이란 뜻이다. 스승이 제자들에게 호를 지어줄 때 학풍을 이어받을 제자에게는 특별히 자기의 호에서 한 글자를 떼어 지어주는 관례가 있었으니, 사람들은 두 사람의 모습에서 제자처럼 아끼고 사랑하는 마음을 알아채 그렇게 불렀는지도 모른다.

강아는 소탈하면서도 호방하고 맑은 성품의 인간미와 원칙과 소신을 굽히지 않는 강직하고 꿋꿋한 스승을 존경하며 극진히 모셨다. 선생 또한 영특하고 어여쁜 자미를 사랑하였다. 머리를 올려 주고 첫날밤을 치렀으나 남녀의 육체적 행위는 아니었다. 율곡이 해주 임지에서 동기 유지에게 그랬던 것처럼 선생은 직접 지으신 시조와 가사를 들려주고 가르쳐주며 아껴주었다. 굳이 말하자면 사제지정이었다.

선생은 임지로 오신지 얼마지 않아 토목공사를 하셨다. 광한루원의 은하못에다 삼신산을 상징하는 봉래, 방장, 영주섬을 만들었다. 봉래섬엔 백일홍을, 방장섬엔 녹죽綠竹을 심었는데, 백일홍은 강아 자미를 생각함이었다. 선생의 강아 사랑을 짐작할 수 있는 대목이다.

표지석만 남아있는 선생의 초장지初葬址를 두고 묘지를 내려왔다. 손자 정 양이 진천 현감으로 근무하던 1665년 3월, 초장 후 72년 만에 충청북도 진천군 문백면 봉죽리 지장산으로 이장했다. 데려가지 못하는 강아를 돌아보고 또 돌아보고 하셨을 선생의 마음이 짠하게 전해온다.

공릉천을 따라 선생이 지으신 시조 훈민가와 한시를 새겨 세운 여러 개의 시비가 길게 누운 해거름 빛을 머금고 있다. 돌에 새겨진 글자 하나하나가 선생의 목소리로 공원을 채운다. 시들을 다 읽고 나면 효경을 읽은 듯, 소학을 배운 듯 바른 사람이 되어있을 것 같다.

의와 원칙을 중시하는 선생의 강직한 성품의 훈민가를 만난다.

마을 사람들아 옳은 일 하자스라
사람이 되어 나서 옳지웃 못하면
마소를 갓 곳갈 싀워 밥 먹이나 다르랴.

사람이 옳지 못하고 옳은 일을 하지 않으면 말이나 소와 다를 바 없다. 옳은 일을 많이 하고 또 서로 권유하라는 훈민가이다.

선생은 효와 형제간의 우애를 중시했다. 술을 너무 좋아하여 임금에게 절주의 명까지 받은 선생이지만, 부모의 기일이 다가오면 한 달 전부터 술을 입에 대지 않았고, '가례家禮'를 손수 지어 효의 모범을 보이기도 했다.

아바님 날 나흐시고 어마님 날 기르시니
두 분 곳 아니시면 이 몸이 사라실가
하늘 같은 가없는 은덕恩德을 어데 다혀 갑사오리.

어버이 사라신 제 셤길 일란 다하여라
디나간 후면 애닯다 엇디하리
평생平生애 곳텨 못할 일이 잇뿐인가 하노라.

훈민가는 모두 16수로 된 연시조다. 일명 '경민가警民歌' 또는 '권민가勸民歌'라고도 하며, 송나라 신종 때 진양이 지은 「선거권유문仙居勸誘文」을 바탕으로 지은 작품으로서 『송강가사』에 실려 있다. 선생이 강원도 관찰사로 재직하였던 1580년(선조 13) 정월부터 이듬해 3월 사이에 백성을 교화할 목적으로 지은 시조지만 바르게 살아가는 일에 지역이 따로 있으랴. 송강마을 신원동 백성들은 선생을 보며 자연스레 효를 배우고 실천했을 것이다.

새 원 원주되어 시비를 고쳐 닫고
유수 청산을 벗 삼아 지냈노라
아이야 벽제의 손이라커든 날 나갔다 하고져

유유자적 하는 풍류의 모습이다. 신원동에서 부모의 시묘를 살 때 지은 시조이니 고을의 원이 되어 있을 리 없다. 소탈하고 호방한 성격이 잠시 상상의 나래를 펼친 것이다.

송강은 조선 시대 최고의 시성이며 시조와 가사문학의 대가이다. 훈민정음 창제 이후 아직 사대부가 한문학만을 고집하고 한글 쓰기를 꺼려할 때 선생은 관동별곡, 성산별곡, 사미인곡, 속미인곡 등의 가사와 훈민가 등을 써서 이 땅에 한글을 사대부에게까지 꽃 피게 했다는 국문학사적 큰 의의를 만들었다.

홍만종은 〈사미인곡〉을 '제갈공명의 〈출사표〉에 비길 만하다'고 하였고, 김만중도 그의 『서포만필』에서 〈사미인곡〉, 〈속미인곡〉, 〈관동별곡〉을 가리켜 '동방의 이소요, 자고로 우리나라의 참된 문장은 이 세 편뿐이다'고 극찬했다.

훈민가를 읽으며 우리는 어느 샌가 시간을 거스르고 있었다.

송강보에 낚시 다녀오시던 선생이 콧노래를 부르며 다가오신다. 제법 통통한 놈들이 선생의 기분을 돋웠나 보다. 임금께 하사받은 은잔을 꺼내어 남겨온 술을 권하신다.

은잔이 커서 신기해하자 기분 좋게 웃으신다. 술을 너무 좋아해 과음하시는 선생께 선조임금이 은잔을 하사, 하루에 한 잔 이상은 절대 안 되신다는 어명과 함께 받은 절주잔節酒盞이라신다. 한 잔으로 턱없이 부족하여 어느 날 망치로 두들겨 키운 것이라며 손뼉치면서 웃으시는 모습. 하늘나라 사람과 술을 마시고 있는 듯하다.

　　한 잔 먹새그여 또 한잔 먹새그여
　　꽃 꺾어 산算놓고 무진무진 먹새그여
　　　　(생　략)

공릉천을 따라 풍류의 멋을 담은 은잔이 오간다.

국문학사에 최초의 사설시조라는 방점을 찍으며 장진주사가 얼콰히 흐른다.

석주 권필이 쓴 한시 앞에서 주고받던 은잔이 멈췄다. 스승이 술을 드실 때마다 읊으시던 그 노래 장진주사를 다시 듣고 싶었을까. 스승의 묘를 찾아와 잔 올리고 돌아가는 길의 감회다.

過鄭松江墓有感

권 필權 韠

空山木落雨蕭蕭 (공산목락우소소)
相國風流此寂寥 (상국풍류차적료)
惆悵一杯難更進 (추창일배난갱진)
昔年歌曲卽今朝 (석년가곡즉금조)

낙엽 진 텅 빈 산 빗소리 스산한데
풍류 재상 말없이 여기 누우셨구나
슬퍼라 한 잔 술 권해 올릴 수 없음이여
지난 날 장진주사 이 날을 이름이셨네

역사와 사랑과 예술이 어우러진 송강마을에 뉘엿뉘엿 그림자
가 드러눕는다. 강아는 또 스승이 그리워져서 훈민가를 들으러 달
려오겠지. 곱게 단장을 하고 있겠지.

* 고양문화원 정기 간행물 『행주얼』(2018년. 통권 59권) 특집
'고양의 사람들' 게재

사랑의 고백

넥타이를 매어주고, 헤어젤로 머리를 매만지며 아내는 정성껏 남편의 출근 매무새를 마무리 합니다. 금새 아내 눈에 남편은 근 사하고 멋진 한 남자로 변해 있었죠. 집을 나서는 남편에게 아내 는 애교 넘치는 얼굴로 말합니다.

"혹시 당신 좋다 하는 여자 생기면 백 억 가졌나 물어봐요. 그럼 내가 소유권 넘겨주려고."

순간 뒤돌아보는 남편의 눈빛이 알 수 없는 깊이로 그윽해집니다.

사오정(45세 정년퇴임)이란 말이 슬그머니 떠오르고, 백화점의 이월 상품을 보면 어쩐지 서글퍼지기도 하던 차였습니다.

그런데 자기의 가치를 여전히 가장 괜찮은 상품으로 생각하는 귀여운 장사꾼 같은 아내.

남편은 눈으로만 가만히, 꼬옥 아내를 끌어안습니다. 눈빛엔 겨울 강에 녹아드는 함박눈처럼 사랑과 고마움이 그칠 줄 모르고 침잠합니다.

사르락 사르락….

그리움 ― 우듬지에 새를 날리다 ―

G. Bell, 逢童

아버지의 일기장

*1981년 4월

"여보, 내가 바보일까요? 그 돈이면 우리 논 다시 살 수도 있을 텐데. 그래도 잃어버린 사람 심정이 어떨까 생각하니 차마 가져올 수가 없었어요. 우리 자식들한테 해가 되면 어쩌나 너무 무섭기도 하고."

"그래, 잘 했어. 암 잘했고말고!"

(생략)

이십 년 전의 아버지의 일기장.

목에 혹이 커져서 호흡 곤란까지 올 정도면 떼어내고, 또 칠, 팔 개월 지나면 떼어내고. 그렇게 작은 수술을 열여덟 번을 하신 후 마침내 성대를 다 떼어낼 수밖에 없는 대수술을 하셨던 아버지.

특수재배를 할 수 있는 토양도 못되는, 그저 벼농사 보리농사가 전부인 농촌에서 얼마 되지 않은 농사로 줄줄이 연년생인 육남매 공부를 한꺼번에 시키자니 얼마나 버거우셨을까? 오로지 당신 못 배운 한을 자식에게 대물림 않으리란 일념으로 농한기엔 목수일과 가마니를 짜시며 잠시도 쉬지 않으셨던 아버지가 계셨기에 우리는 제대로 공부를 할 수가 있었다.

가마니와 공사현장의 먼지 때문이었을까, 아버지의 목소리가 점점 쉬어갔고 어느 날엔가는 꽉 잠겨 버려 병원엘 갔더니 후두암이란다. 병원비 걱정에 큰 수술은 엄두도 못 내고 버티시다가 맏이인 언니가 초등학교 첫 발령을 받아 의료보험 카드가 나왔을 때가 되어서야 입원을 하셨던 것이다. 몇 년을 언제 어떻게 되실 지도 모르는 불안한 상태로 지내오신 가장의 그 기막힌 마음과 옆에서 지켜볼 수밖에 없는 아내의 심정을 일일이 다 적어두셨던 아버지의 일기장.

병원비 마련을 위해 얼마 되지 않은 논을 팔아야 했고, 흥부에게 제비가 박씨를 물어주듯 시내버스를 타기 위해 역 광장을 걸어가는 어머니의 발밑에 두툼한 돈 뭉치가 있었건만, 어머니는 그 돈 앞에서 생태 같은 새끼들의 앞날을 떠올리며 도망치듯 피해 왔다는 것이다. 잘했다 해놓고 그 돈 뭉치가 눈에 한 동안 아른거렸고, 그 돈이면 애들도 병원에 데려와서 자장면도 사 줄 수 있고, 논도 다시 살 수 있을 텐데 싶어 순해 빠진 마누라가 미웠다는 솔직한 고백도 적혀있었다.

두어 달을 입원해 계실 동안 어머니는 일주일에 한 번씩 집에 다녀가셨고, 그동안 한 번도 아버지 뵈러 가자는 말씀을 하지 않으셨다. 오빠 하나 독자로는 안 될 일이기에 줄줄이 딸 셋을 낳고서 간신히 얻은 초등학교 5학년짜리 막내에게조차도 같이 가잔 말씀을 안 하셨던 것이다. 자식을 보고픈 그 마음보다 차비 걱정이 더 앞섰던 현실에 부부는 얼마나 가슴 쓰렸을까?

발병부터 마지막 수술까지의 삶과 죽음, 지옥과 천국을 오르내리던 그 절박했던 순간들과 수술 후 목소리가 사라져 버린 당혹감과 애환들을 병원 생활의 힘든 와중에도 아버지께서는 일일이 다 적어두셨던 것이다.

퇴원 후 인공 성대기를 구하기까지 근 2년을 아버지는 목소리 대신 연필로 의사소통을 하며 지내셨다. 그땐 후두암 환자가 그리 많지 않아 성능 좋은 독일제 성대기를 구하기가 그리 쉽지 않았다. 무엇보다도 그 대금을 모으기까지 그만한 기간이 필요했었음을 어른이 된 지금에야 깨달을 수가 있었다.

자상하고 정이 많으셔서 우리들과 많은 대화를 나누셨던 아버지의 얘기는 그 후 지극히 필요한 말만 조그만 수첩으로 옮겨졌고, 아버지는 더 이상 일기장을 따로 두지 않으셨던 모양이다.

인공 성대기를 처음 사용하시던 날 로봇소리로 변한 아버지의 목소리에 우리 가족 모두는 눈물이 그렁그렁한 눈으로 웃었었다. 성대기만 있으면 다정하신 음성을 당연히 다시 들을 수 있다고만 생각했었다. 이제는 우리들 가슴 속에만 간직해야 한다는 아픔과, 일일이 적어야 하셨던 아버지의 불편을 덜 수 있게 됐다는 안도와 그 비싼 것을 구했다는 뿌듯함이 뒤엉켜 눈물이 되어 있었건만 우리는 마음껏 울 수조차도 없었던 것이다.

* 1994년 12월

우리 막내가 결혼을 했다. 장가도 못 보내고 내가 죽으면 어쩌나 걱정했는데 이제는 안심이다. 고맙다. 잘 자라준 우리 새끼들, 같이 고생한 아내, 월급 받아 내게 큰 힘이 되어주는 우리 장녀 기숙이, 또 내 수명을 지켜주신 부처님. 모두들 참말로 고맙기 그지 없다.

일기장의 마지막이다. 고맙다는 말의 그 깊이가 아프게 와 닿는다.

막내가 신혼여행에서 돌아오던 날, 수술 후 한 번도 들어볼 수 없었던 아버지의 노래를 들었다. 이제 할 일 다 한 것 같다며 부르시던 노래. 음계가 없는 로봇 소리. 노래인지 말인지 구분이 되지 않는 오래 전에 즐겨 부르시던 그 노래를 우리 모두는 온 몸에다 마음에다 녹음을 했다. 언어의 장애가 흥이 많아 곧잘 흥얼거리시던 아버지의 노래마저 뺏어갈 줄이야.

장례식을 마치고 유품을 정리하다가 발견된 아버지의 일기장과 수첩이 우리를 얼마나 큰 슬픔으로 몰아갔는지 모른다.

25년 동안을 아버지의 목소리가 되어 주었던 그 성대기를 옷과 함께 태우며 아버지께 보내 드렸다. TV나 영화에서 로봇소리가 나오면 절로 고개가 돌아갈 만큼 우리에게도 단순한 기계가 아니라 아버지의 목소리 그 자체였다. 부디 저세상에선 원래 성하신 그 목소리로 얘기하시고, 좋아하시던 노래도 마음껏 부르며 행복하게 사시라고 기도했다. 그래도 가끔씩 어루만져 주고 싶을 땐 그러시라고 함께 보내 드린 것이다.

칠십 이 세까지 살아가실 동안 가난했음에도 자식들 앞에서 단 한 번도 내색 않으셨던 아버지, 장날이면 잊지 않고 주머니에서 뽀빠이 여섯 봉지를 꺼내 우리 손에 쥐어주시던 아버지. 그러기에 우리는 옷을 물려 입고 보리쌀이 섞인 밥을 먹으면서도 마냥 밝고 건강하게 자랄 수가 있었었다.

남의 것을 탐내거나 다른 사람 마음을 아프게 하면 내 자식에게 해가 될 수 있다는 부모님의 가르침은 언니가 첫아이를 낳고 산후조리 온 날 엄마가 된 언니에게 전해졌다. 길에서 돈뭉치를 발견한 그 얘기와 함께. 그리하여 자연스레 우리 육남매 모두에게는 부모로서의 첫 계명이 되어 있다.

오늘날 육아법이나 자녀 교육에 관해서 많은 정보들이 있지만, 어머니 아버지가 내겐 가장 확실한 스승이다. 그것은 시부모 역시 마찬가지다. 손자 외손자에게 하시는 것을 보면서 나는 부모와 조부모의 역할을 동시에 배운다.

이제는 하늘나라에 계신 아버지. 우리가 말썽부릴 때 꾸짖고, 잘 했을 때 칭찬하시던 말씀들을 비슷한 경우에 아이들에게 읽어 주면 훨씬 더 잘 알아듣는다. 마치 타임머신을 타고 엄마 아빠의 학생 시절을 다녀온 느낌이라며 좋아한다. 이 얼마나 값진 유산인가.

아버지의 기일 때마다 우리 모두는 아버지의 일기장과 수첩을 보곤 한다. 해를 거듭할수록 더욱 생생히 들리는 아버지의 음성. 그 그리운 육성이 안내하시는 대로 자식과 조카와 형제 되어 떠나는 가장 아름다운 여행.

아버지가 보고 싶다.

누군가를 부르며 따라 안다는 것
G. Bell

부부의 날에

비가 내린다. 흩뿌리듯 시작하던 가루비가 발비로 온 하루를 적시며 꿀비가 내린다. 겨웁도록 머금었다 바람결에 푸르르 떨치고 나면 연둣빛 잎새는 초록이 되고, 진록이 되고. 날마다 싱그러운 기지개 켜며 오월은 내달리고 있다.

오월을 푸른 달이라고 했던가. 이름처럼 열두 달 중 가장 생명력이 왕성한 달이다. 그 기를 받아 더욱 건강하고 복되기를 바라는 인지상정이 가정의 달로 정했을 터, 정녕 오월은 온통 사람의 날로 가득 차 있다. 어린이날을 시작으로 어버이날, 스승의 날, 그리고 성년의 날까지.

오월에 속한 이름 있는 날 속엔 사람의 일대기에 따른 이름과 만남이 담겨 있다. 아이가 자라면서 맨 처음 부모로부터 가정교육을 받고, 스승으로부터 학교 교육을 받고 그렇게 몸과 마음이 자라 성년이 되면 사랑하는 인연을 만나 부부라는 이름으로 가정을 이루게 된다. 모든 이름에 기념하는 날이 있지만 그 이름의 근간인 부부의 날이 없다. 없다기보다 우리의 통념으로 볼 때 어버이의 개념 속에 당연히 내포되어 있다고 하는 것이 옳을 것이다. 그런데 지금에 와서 새삼 날을 정하여 공표되어지고 있는 것은 무슨 까닭일까?

5월 21일, 둘(2)이 만나 하나(1)된 날. 온 세상의 축복을 받으며 부부가 된 이 땅의 부부를 축하하며 기념하는 날이다.

'나의 반쪽이 되어줘서 고마워요.' '당신이 최고야.' 부부의 날을 알리는 메시지가 한창이다. '어떤 선물이 좋을까?', '꽃은 당연히 있어야겠지?' 초등학교 동창회 카페에선 여학생의 의견을 묻는 남학생들의 한 줄 메시지가 소풍 전 날처럼 수런거린다. 부부의 날 제정을 알고 있는 친구들이 서서히 늘어나면서 아무래도 그냥 넘어가진 않을 모양이다. 나름대로 의미 있게 보내려 하는 모습들이 어여쁘다. 스승의 날을 고비로 조금씩 수그러들던 꽃값도 아직 떨어지지 않고 있다. 그만큼 부부의 날을 의식하는 사람들이 늘었다는 뜻일 게다.

늦은 결혼을 하신 고교 은사님께 써드렸던 축시가 떠오른다.

부부

-박말순 선생님의 결혼식에서-

은혜의 땅
그 곳에선 모든 생명들이
기쁨에 젖어있었다

신이 굽어보신 자리
홀로는 부족해 어깨를 걷고

자화상을 그리듯
나는 당신이 되고
당신은 내가 되어
손 때 반들거리는 세월보다
더욱 빛나는 사랑

오늘은 촛불 보며 기도하는 말
주님 안에서
제 몸 사위어 가며
서로를 밝히는 빛이 되게 하소서

기도로써 작은 행복들을
엮어가게 하소서

갓 피어난 오월의 가슴으로
먼 데를 바라보나니
두 손 꼬옥 잡고 가시는 길에
신의 은총 충만하소서.

　부부는 서로의 거울이다. 처음엔 서로 다른 둘이었지만, 아끼고 사랑하고 배려하면서 살 부비고 마음 부비며 살아가는 동안 서로에게 스미고 배여 어느 샌가 닮은 사람 되어 되비추고 있지 않은가!
　오늘날 우리 사회는 개인주의가 심해지면서 결혼률은 낮아지고 이혼률은 높아가고 있다. 그러다보니 조손 가정, 결손 가정, 소년 가장 역시 늘어나고 있다. 이러한 때 부부의 날에 다시 한 번 부부와 가정의 의미를 되새겨 보았으면 좋겠다. 불화가 있다면 부부가 되던 첫날의 초심을 떠올리며 서로를 따뜻이 보듬어 보자. 사랑을 회복하고 더 깊이 쌓을 수 있는 계기가 된다면 얼마나 다행한 일이겠는가?
　특별히 이 날은 아내가 남편을 챙기는 날로 했으면 좋겠다. 아무리 함께 가꾸는 가정이지만 가장으로서의 삶의 무게는 사뭇 다를 것이다. 그 무게 대신 잠시나마 화사한 웃음이 어깨 위에서 나풀거릴 수 있게 향기 그윽한 꽃다발을 안겨 드리자. 감사와 사랑의 마음으로.

마음이 바빠졌다. 퇴근 전에 꽃다발도 사놓고 모든 걸 준비해야 한다. 보글거리는 뚝배기가 놓인 식탁엔 촛불도 켜고, 빛 고운 와인도 두고. 날씬한 유리병엔 딱 한 송이 장미꽃도 꽂아서 두어야지. 촛불 너머로 어른거리는 서로를 보면서 처음 만났을 때의 그 풋풋한 설렘에 귓볼이 익을지도 몰라.

콧노래를 흥얼거리며 저녁상을 차리는 손놀림이 봄비만큼이나 경쾌하다. 어쩌면 촛불에 아른거리며 와인잔에 비쳐진 서로를 보면서 우린 다시 사춘기 동창생으로 돌아갈 지도 몰라. 부부의 날 아내인 나는 뜻밖에도 소녀가 되어 설레는 가슴으로 소년을 기다리고 있었다.

비가 그치고 나면 푸른 달 오월은 더욱 싱그러워지겠지.

어떤 향기

"아지매요, 나도 널모레면 환갑이지마는 내 평생 고마운 사람 한 사람 꼽으라면 바로 아잽니더. '술 못이기는 거 하나 흠이지 너거 아부지만큼 경우 바른 사람도 드문기라.' 아재의 그 말씀이 얼마나 고맙던지…"

오빠는 말끝을 흐리며 자꾸만 애꿎은 코끝을 만지작거리셨다.

친정 동네에서 이웃사촌으로 지냈던 그 오빠의 아버지는 장날만 되면 술에 취해 인사불성이 되셨다. 다른 사람으로부터 연락을 받고 찾아 나서는 일은 항상 장남인 그 오빠의 몫이었다. 때론 긴 그림자 안고 친구들과 함께인 하굣길에서 쓰러진 자전거와 비틀거리며 씨름하는 아버지를 외면하고 싶었던 적도 한두 번이 아니었다고 한다. 너무 창피해서 사춘기였던 학창 시절엔 아버지 없는 친구가 부럽기까지 했었단다. 술 취한 아저씨를 아버지 역시 자주 모셔다 드렸고, 그럴 때마다 아버지는 어쩔 줄 몰라 하는 오빠에게 그 말씀을 꼭 하셨다는 것이다. 사람들이 혀를 내두르는 취한 모습에도 언제나처럼 형님이라 부르셨고, 오히려 칭찬을 하며 그렇게 위로해 주시던 아버지의 그 말씀을 어찌 잊을 수 있겠냐며 어머니와 또 한 번 술잔을 부딪치셨다. 고향을 떠나 터 잡고 사는 오빠의 집은 공교롭게도 수원에 사는 동생네와 가까운 동네였다. 엄마의 행차를 어떻게 알았는지 오빠는 새언니랑 동생네로 어머니를 뵈러 오신 것이다.

오빠의 집은 한때는 제법 되는 전답에다 방앗간을 했던 터라 늘 하얀 쌀밥을 먹었던 시절이 있었다. 그러나 아주머니의 갑작스런 병으로 가세가 기울기 시작했다. 교과서에 나오는 시며 시조며 맘에 드는 수필은 아예 외우고 다니며 문학을 꿈꾸던 오빠는 가슴 깊숙이 꿈을 묻어 두고 공업고등학교로 진학을 했다. 졸업 후 산업 현장에서 기름 때 묻은 돈을 부모님께 송금하며 가난의 길을 묵묵히 걸어왔던 것이다.

내 기억 속 맨 처음 그 오빠의 모습은 손이 베일 듯 빳빳하게 주름 잡힌 군복을 입고 '필승' 하며 아버지께 경례를 하던 멋있는 군인 아저씨였다. 초등학교 시절, 휴가 나온 오빠는 부모님께 인사를 드리자마자 마루 끝에도 앉아보지 않고 우리 아버지를 찾아오셨다는 것이다. 그 후로도 오빠는 아버지를 자기 아버지처럼 대하였다. 문안 편지는 물론이려니와 크리스마스와 연초엔 꼭꼭 손수 만든 카드와 연하장도 보내셨다. 어린 내겐 아버지께 온 그 오빠의 우편물을 보는 것이 얼마나 큰 기쁨이었는지 모른다. 왠지 가슴이 저려오기도 했고, 아버지가 갖다 주신 곡식 몇 되박이 너무 감사하다는 내용에선 아버지의 인정에 행복감이 느껴지기도 했다. 붓펜으로 쓴 오빠의 필체는 얼마나 멋있었는지! 오빠의 절절한 고마움이 편지를 읽는 사람에게도 그대로 전달이 되었을 만큼 문장엔 진실과 호소력이 담겨 있었던 것이다. 아쉽게도 지금은 오빠의 그 편지가 하나도 없다. 언젠가 친정에 큰 불이 났었기 때문이다.

어쩜 저리 우리 아버지께 한결같이 잘 할 수 있을까? 그것은 아버지가 돌아가신 지금도 마찬가지다. 제사 때마다 인사가 빠지지 않는다. 이제야 알 것 같다. 오빠가 그토록 아버지를 챙기시는 이유를. 가장 힘들고 아픈 부분을 어루만져 주는 것이 그 사람에겐 얼마나 귀한 약이고 격려인가를.

오빠는 살아오면서 항상 아버지처럼 상대방의 마음을 깊이 헤아리려 애쓴다고 하셨다. 그런 마음 덕분에 사람을 상대하는 직업이라 책임자의 연령이 점점 낮아지는 추세에도 오빠는 가뿐히 연임이 되셨고, 예순이 넘어서까지도 보장을 받게 되셨단다. 이 모두가 아버지의 행동으로 부여주신 가르침 덕분이라며 오빠는 또 기분 좋게 잔을 비우셨다. 나와 동생에게도 잔을 권하셨다. 차갑게 느껴지는 투명함과 냄새가 매서운 겨울바람 같다고 생각했던 소주에서 향기가 났다. 목안을 적시며 몸과 마음을 따뜻이 데워 주는 그것은 바로 하나로 된 아버지와 오빠의 향기였다.

진정한 어르신

햇볕 따가운 여름 한낮, 동네 어귀 큰 당산나무 아래엔 평상이 있고, 또 땅바닥엔 자리가 깔려있습니다. 동네 할아버지들이 모여 장기 혹은 바둑을 두시며 정담을 나누고 계십니다. 연세 팔순 이상 되신 분은 평상에, 그 이하는 바닥의 자리에. 언제부터였는지는 알 수 없지만, 어김없이 불문율이 적용되고 있습니다. 평상에 앉아 계시던 한 할아버지께서 목이 마르다 하시자, 바닥 자리에 앉아 계시던 할아버지께서 얼른 일어나 조금 떨어진 우물에서 냉수를 떠오십니다. 반쯤 마시고 남긴 팔순 할아버지께서 "자네도 마시게." 하며 냉수를 떠온 칠순 할아버지께 건네십니다. 말하지 않아도 목이 마를 거라는 걸 다 아시는 까닭입니다.

이 이야기는 우리가 흔히 쓰고 있는 '질서'라는 말이 생기게 된

배경입니다. 팔순 할아버지의 행동이 '秩(질)'이며 칠순 할아버지의 행동이 '序(서)'입니다. 질서란 바로 노인들의 이러한 마음에서 비롯된 아름다운 미덕이라 할 수 있지요. 그런데 왜 차례에 맞게 '서질'이라 하지 않고 질서라 했을까요? 그것은 참 질서란 윗사람의 명령에 따르는 것이 우선이 아니라, 먼저 아랫사람을 배려하는 윗사람의 마음에서 출발하는 것이기 때문입니다. 또한 배려는 내 몸처럼 상대방을 생각해주고 챙겨주는 마음을 말합니다. 그리고 배려의 백미는 나눔이지요. 냉수를 떠오기 위해 뙤약볕을 지나 우물까지 다녀온 칠순의 동생도 얼마나 덥고 목이 마를까를 헤아려 다 마셔버리지 않고 남겨주는 팔순 할아버지의 따뜻한 마음을 말하는 것입니다. 요컨대 질서란 노인문화에서 출발하며 그것을 언행으로 잘 실천하게 되면 덕망이 쌓이고 본이 되어 다른 사람의 존경을 받게 됩니다. 그 사람의 인품과 행동에 감동을 받아 눈을 감아도 자꾸만 떠오르며 어른거릴 때 그 사람은 완전한 '어르신'이 됩니다. 이 때 어르신의 말 또한 하나도 버릴 것 없이 씀씀이가 있으므로 '말씀'이 되는 것입니다. 요즘은 '노인'이란 말 대신 '어르신'으로 사용하자는 제안을 하고 그렇게 용어는 적용되어가고 있는 듯합니다. 하여 어휘에 함축되어 있는 의미를 누구든 한 번쯤 새겨보았으면 좋겠습니다.

권정순 선생님을 만난 지는 그리 오래지 않습니다. 그러나 단언컨대 그분은 내가 만난 어른 중에 질서 속에 내재된 의미를 가장 잘 실천하고 계신 분이 아닌가 싶습니다. 연세는 제일 많으시지만 말씀과 행동 하나하나가 섬김이고 배려이며, 사랑이고 나눔이며 겸손입니다. 그야말로 진정한 '어르신'인 것입니다. 글방 지도교수님보다도 훨씬 높은 연배시지만 교수님과 함께한 자리에서 가만 보면 아주 미세한 것에서부터 교수님을 챙기고 섬기는 품행이 감히 흉내를 낼 수가 없을 정도입니다. 교수님에게야 스승님에 대한 제자의 존경심과 예의라 치더라도 막내딸 뻘인 저 또래에게도 마음 씀씀이는 마찬가지십니다. 어른이라는 표를 한 번도 내지 않으십니다. 아직 하대말씀 한번 안 하시고, 같이 식사라도 할라치면 조금 멀다 싶거나 수저가 자주 간다 싶은 접시 넌지시 밀어주시는 자상함과 세심함이 온몸에 배어있는 듯합니다. 선생님의 이러한 마음은 글에서도 잘 나타나고 있습니다.

예의는 서로에게 인격적인 존중을 표현하는 것이고 '예의 바르다'는 것은 젊은 사람에게만 국한되는 것이 아니라 나이든 사람들에게도 공통된 용어다. 따라서 상호간에 진정한 예의를 갖출 때 동방예의지국이란 표현이 가능할 것이다. 그 중년 남성도 동방예의지국이란 낱말을 모르지는 않을 터, 어쩌면 그날의 언성은 그의 본마음이 아니라 무슨 일이 잘 풀리지 않는 억울함 때문에 마음속의 분노를 자신도 거두지 못해 흥분했을 지도 모른다. 그래서 그는 집에 돌아가 몹시 후회하고 있으리란 생각을 해본다.

-〈쩍벌남의 분노〉 중

　지하철에서 일어난 이야기입니다. 누구나 그 사람을 욕할 수밖에 없는 상황이었고, 선생님 역시 처음엔 예의를 들먹이는 자체가 적반하장이라는 생각을 하지만, 집에 와서 다시 떠올렸을 때는 이미 그를 이해하려고 합니다. 그를 나쁜 사람이거나 몰지각한 사람으로 치부해 버리지 않고, 뭔가 사정이 있어 순간적으로 실수하고는 반성하고 있을 거라 생각합니다. 이것이야말로 인간에 대한 근원적인 사랑과 이해와 배려 없이는 갖기 어려운 마음입니다. 그리고 교만의 마음에서는 절대로 나올 수 없다는 걸 우리는 잘 압니다. 상대를 언제나 '나와 똑같은 본성의 소유자'로 바라보는 인간 권정순 선생님의 몸에 배인 겸손이 '어떤 사람이건 차별 없이 따스한 시선으로 바라보기'를 가능케 하는 것입니다.

　이러한 시선은 또 〈마음의 풍요〉라는 수필에서는 더욱 확장됩니다. 손자를 통해 우리 이웃과 사회의 청소년과 청년들까지도 사랑으로 응시합니다.

　'대학을 졸업하고 취업준비를 하고 있는 손자들의 학교생활을 통해서 흔히 기성세대들이 젊은 세대들에게 "너희들은 참 좋은 세상에 살고 있다"라고 말하는 것에 '젊은이들이 과연 현재의 세상이 참 좋다고만 느낄까?'라는 생각을 하며 마음의 풍요를 빼앗아버린 오늘날의 현실에 대해 안쓰러움과 미안함을 갖습니다. 그리고 그들이 '자신의 삶 속에서 즐거움을 찾을 수 있도록 배려하는 교육이 빨리 이뤄지기'를 소원하십니다.

나에게 스마트폰은 단순한 사치나 최신 유행이 아니라 소통의 공간이자 대화의 장이다. 아들, 손자, 며느리, 손부에게 하루를 시작하고 마무리하는 아침, 저녁으로 위로의 메시지를 전하고, 또 사랑한다는 말도 먼저 전하고 싶다.

-〈스마트폰이 주는 행복〉 중

아들과 손자 그리고 증손자까지 한집에서 4대가 사는, 요즘 세상에 보기 드문 모습입니다. 자칫 어렵고 말 안 통하는 세대차 나는 까다로운 할머니이기 십상입니다. 그러나 선생님은 특유의 근면과 겸손과 섬김으로 오히려 배우려 하고, 역지사지하는 배려와 사랑으로 가족들을 대하기에 그런 어려움은 전혀 없다는 걸 알게 됩니다.

사물의 인지에 호기심 가득인 증손녀와의 스승과 제자 놀이를 통해 오히려 자신이 배우고 있음에 감사하고 행복해 하시는 선생님의 모습은 굳이 말로 하거나 강요하지 않아도 그대로 자식들의 머리와 가슴에 스미고 배여 '효'를 실천하게 하는 바탕이 됩니다.

"몸이 안 좋으셔서 식사 못하셨죠? 전복죽 끓여왔습니다."
활짝 웃으며 말하는 큰손자의 얼굴을 보니 한결 몸이 가벼워
지는 느낌이 들었다. 경황이 없어 고맙다는 말도 못하고 가만
히 앉아있자 상을 내 앞에 내려놓고 수저를 건네주었다. "다
시 건강한 얼굴 찾으시라고 제가 차려왔어요. 요즘엔 인터넷
만 할 줄 알면 요리법이 다 나와 있어서 쉽게 만들 수 있어요.
드셔보셔요."(중략) 손자의 어여쁜 마음씨가 내 가슴에 스며
들어 내 몸의 병을 치료해 주었다. 큰손자가 아팠을 적엔 내가
상을 차려 가져다 주었는데 이제는 내가 상을 받게 되니 기분
이 묘했다. 아니 감격스러웠다. 세상에 어떤 귀한 약재보다 큰
손자가 직접 만든 전복죽이 훨씬 맛있었다. 접시가 비워지는
만큼 내 마음은 행복으로 꽉 차올랐다. 살아가면서 내가 누군
가에게 베푼 정은 다시 돌아온다고 하더니 큰손자에게 베풀
었던 사랑이 내게로 다시 돌아오는 것 같아 내 몸과 마음도
청춘으로 물들어 있었다.

-〈청춘으로 물든 마음〉 중

아! 이 글을 읽고 촉촉이 젖어오지 않는 가슴이 어디 있을까
요?
고물고물 핏덩이였던 그 여리디 여린 몸에 내 아이였던 자식
사랑까지 그대로 환생시켜주는 '겹겹이 사랑스런 내 새끼'가 바로

'손자'가 아니던가요!

아들도 아니고 딸도 손녀도 아닌 그 여렸던 손자가 다 자라서 편찮으신 할머니를 위해 지금 죽을 끓여와 걱정을 하고 있는 모습입니다.

예로부터 효는 물이 거슬러 올라감과 같다고 했습니다. 그만큼 어려운 일이기에 나라에서도 효자문을 세워 사람들로 하여금 기리게 했다고 합니다. 또 효행은 반드시 그 부모의 효행을 보고 자라 그것이 몸에 배여 어느 샌가 다시 실천되는, 말하자면 조건반사 같은 일입니다. 하늘과 태양(爻-본, 순리)을 두 손(手,手)으로 잡아 그대로 집 안(冖)의 자식(子)에게 따르라고 심어주는 것이 배움(學)의 문자적 의미라고 합니다. 선생님의 언행은 바로 학의 의미를 그대로 실천하는 본이 되어 대가족이 함께 사는 가정은 그야말로 산교육의 현장이 됩니다. 우리는 여기서 또 선생님의 남다른 모습을 보게 됩니다. 손자가 끓인 전복죽으로 아픈 몸에 행복을 채우며 '살아가면서 베푼 정(즉, 積善)은 반드시 돌아온다'고 하는 선인들의 말씀을 떠올리고 있는 모습입니다. 지나온 세월 속에서 기복을 바라지 않고 순수하게 행했던 크고 작은 많은 베풂들이 '손자의 진심어린 효행과 사랑'으로 돌아오게 되었다고 감사해하는 모습에서 선생님의 삶에 대한 진지한 자세를 배우게 됩니다.

'세월이란 배를 타고 모든 생명체들이 강하를 떠내려가는 것은 신의 엄숙한 계율-〈청춘으로 물든 마음〉'이라고 따르시며 선생님도 이제 팔순이 되셨습니다. 연세 높으신 어른은 그 자체로 존경을 받아도 됩니다. 삶의 우여곡절을 다 견디고 이겨내셨기 때문입니다. 더욱이 언행과 마음 씀이 반듯하여 덕망이 높고, 질서의 의미를 잘 지키고 세운 '진정한 어르신'이라면 존경과 감동은 훨씬 더할 것입니다.

나이 팔십대를 '미수米壽'라고 합니다. 하필이면 '米'자를 넣은 것은 글자 속에 '八'이 두 개가 들어간다(엄밀히 말하면 미수는 88세) 해서 그런다지만, 더 깊은 뜻은 밥을 먹으면 기운이 막 뿜어져 나오는 것처럼 팔십 평생 올곧게 닦고 쌓아온 인품과 덕망과 언행이 실로 사방팔방 뻗어나가 젊은 후학들에게 참본보기가 되는 것을 말합니다. 그리 되면 우리 사회는 기성세대에게도 신세대에게도 참으로 평화롭고 아름다운 '살기 좋은 세상'이 될 것입니다.

선생님은 또 배우기에 참 부지런하십니다. 수업마다 꼭꼭 글을 써오시는 성실한 모습과 대가의 종부로서 어른을 섬기던 품행으로 지도교수님을 모시는 모습은 문우들에게 큰 귀감이 되고 있습니다.

『주역, 〈문언전〉』에 '적선지가積善之家 필유여경必有餘慶—福, 선을 쌓는 집에는 반드시 복이 있다'고 했습니다. 아들과 손자 증손자까지, 슬하 삼대 모든 자제들이 한결같이 효도하며 각자의 자리에서 다른 사람의 모범이 되고 있다고 합니다.

선생님의 '진정한 어르신'의 면모로 볼 때 어찌 복과 경사가 넘치지 않겠습니까? 우리는 이런 선생님 가까이 있다는 것만으로도 복된 삶이라 아니 할 수 없습니다.

아무쪼록 미수집 출간을 진심으로 축하드리며, 더욱 건강한 모습으로 선생님의 문향이 세상 속에서 더 멀리 더 넓게 오래도록 향그럽게 피어나길 기원합니다.

엄마의 여자

외할머니이
옴마나, 이게 누고? 우리 예삐들 아이가!
군북 장날, 시장 좌판에서
생선 다듬기에 여념이 없던 엄마는 깜짝 놀라며
일어섭니다.
기별이라도 하지. 파마도 못했는데.
엄마는 우리 부부를 번갈아 보며 파마기가 다 가신 머리를
연신 쓸어 올립니다.
손으로 급하게 마른세수를 해서인지
주름살 고랑 고랑으로 빨간 물이 번져갑니다.
저녁에 친정에 갔을 때 어인 일입니까?

엄마는 곱게 파마를 하고 화장을 하고 계십니다.

이보게 강 서방,

이 장모도 화장하니까 그냥저냥 얼굴 축엔 들제, 안 그런가?

그럼요, 장모님 피부가 얼마나 고우신데요.

집사람이 장모님 닮았잖아요.

엄마의 얼굴이 환하게 피어납니다.

말이사 바른 말이지, 내 피부가 원래는 배꽃 같다고 했어.

사람들이 얼마나 이 피부를 탐냈는데.

미처 손질하지 못한 매무새를 사위와 외손자가 본 것이

못내 당황스러웠던 모양입니다.

파장 후 그 고단한 몸으로 파마까지 하시다니.

엄마의 얼굴이 빨개졌던 진짜 이유를

그제야 여자인 나는 알아차립니다.

/

5부

/

임진강 바람소리

배를 따라 눈길을 돌리던 시선에 강물 깊숙이 파고든 그림자 하나, 아스라한 절

벽의 무성한 나무 사이로 한 무릇의 철쭉꽃이 헌화가처럼 피어 있지 않은가!

– 본문 〈임진강 바람소리〉 중에서

임진강 바람소리

봄의 한가운데 있는 강은 생명들의 속살거림으로 그 어느 때보다 분주하다. 연둣빛 잎새에 초록을 더해가며, 이름 모를 꽃봉오리들을 터뜨려가며 봄물을 들이고 있다. 조금만 바람이 불어도 하늘거리는 아직은 여린 이파리와 꽃잎들. 마치 이제 막 목을 가누기 시작한 아기의 모습이다. 반질거리는 잎새 위에 앉은 햇살 또한 바람에 나부끼며 무지갯빛 탄성을 자아낸다.

생명이란 도대체 무엇이던가.

태초에 하늘은 바람(╱)과 햇빛(│)과 수분(╲)으로 생명체를 만들어 길이길이 전하고 싶어 했다. 그러나 이 세 요소들은 잘 섞어 품어주어야만 생명으로 탄생할 수 있었다. 하늘 스스로는 품을 수가 없어 땅으로 세 가지를 내려 보냈고, 땅은 이를 받아 따뜻이

품어 싹을 틔우고 잉태를 시킨 것-광합성과 수정작용-이 첫 생명 탄생의 역사라고 문자학은 글자 '하늘 시(示)'의 상형원리를 통해 설명한다.

그 생명의 씨를 안고서 바람은 햇살을 싣고 햇살은 바람을 안 내하며 맨 처음 머문 곳, 하여 선인들은 임진강을 조강祖江이라 했었다. 북에서 시작하여 남으로 내려와 교하에서 한강을 만나 역사와 함께 서해로 흘러가는 유구한 강. 사람들의 넉넉한 터전이 될 수 있었기에 선사이래로 끊이지 않았던 다툼과 화해를 안고 말없이 흐르는 강, 아니 무수한 언어로 생명을 키우고 이어가는 강, 아픈 이념을 넘어 평화의 이름으로 한 번도 멈춤 없이 흐르고 있는 강. 그러기에 임진강은 뜨겁게 박동하는 우리 민족과 한반도의 심장이라 할 수 있다.

그 힘찬 맥박을 지키기 위해 '임진강 바람소리*'가 '심폐소생술*'을 하러 강으로 온 것이다. 홍수가 지고나면 바닥은 물론 나무 꼭대기까지 비닐봉지나 종이 같은 쓰레기들이 걸려 있어 애를 먹는다. 생각해 보면 특별히 버린 사람이 따로 있다기보다 문명속의 우리 모두가 공범인 셈이다. 그걸 알고나 있는 듯 주우면서 누가 버렸을까 아무도 불평하지 않는다.

지난번에 왔을 땐 바닥이 제법 드러나 보이더니, 지금은 물이 많이 불어나 강은 수면 가득 하늘을 담고서 넘실대고 있다. 아득히 강 저편으로 가르마 같은 산길이 오늘 따라 더욱 정겹다. 제각기 봉투를 들고 여기저기 흩어져 쓰레기를 줍고 있는 회원들의 모습은 마치 하늘거리는 꽃송이 같다. 강 가운데로 낚싯배 하나가 유영하듯 미끄러져 간다. 그 배를 따라 눈길을 돌리던 시선으로 강물 깊숙이 파고든 그림자 하나, 깎아지른 듯 아스라한 절벽의 무성한 나무 사이로 한 무릇의 철쭉꽃이 아지랑이처럼 피어나고 있지 않은가! 천오백 년의 역사를 거슬러 신라시대 헌화가의 재현이 눈앞에 펼쳐진 것이다. 절벽을 안고 굽이져 있는 강은 그 옛날 순정공의 아내 수로부인이 지나가던 바로 그 길 수로가 아닌가.

그대 오시어요
너무 높아 아무도 닿지 않은
산자락마다
그대 하늘 씨 나르는
바람으로 오시어요

심산유곡
야생화 꽃잎 켜켜이 숨어
백비白賁** 가슴 젖게 하는
그대 서러운 시간 건너
빗물로 오시어요

임진강 암벽
천명으로 피어난
수로의 붉은 치맛자락에
워낭소리 가득 채우며
그대 햇살로 오시어요

그대 오시어요
방황의 끝
통곡의 시공 걸러
씨실 날실로 엮어가는 몽혼의 사랑
태극의 하늘에
그대 별빛 되어 오시어요

그대 스쳐간 자리
머물다 간 자리
어느 여인의 연리지 위에
다시 임진강 바람을 타고
그대 전설로 오시어요.

　　　　　　- 임진강 헌화가, 이향희

잠시 눈을 감는다. 현몽한 듯 나는 수로부인이 된다. 그리고 마음 속 거문고를 켜며 불러보는 자작곡 '임진강 헌화가.' 따 달라 말하면 금방이라도 견우노인이 나타나 저 아뜩한 절벽 위의 철쭉 꽃을 따줄 것만 같다. 영화를 찍기 위한 세트를 만든다 한들 지금 이보다 더 실감날 수 있을까?

문자학을 가르치는 단학 선생의 특이한 헌화가의 재해석이 떠오른다. 그것은 단순한 남녀 간의 사랑을 그린 것이 아니라 한다. 수로는 신정녀神井女로서, 단군조선시대 별읍 서쪽 신정神井에서 장차 훌륭한 지도자가 될 아이를 낳고 키우는 법을 배우는, 이를테면 신부수업을 받고 있는 7세 이상의 여자를 말한다. 견우는 신부수업을 무사히 수료한 신정녀들에게 축하의 꽃다발을 건네는 천신중의 한 사람이며, 그것은 더 발전된 민족과 국가를 만들기 위한 지도자 양성 과정중의 하나라는 것이다.

지금 헌화가의 현장에서 심폐소생술을 행하고 있는 우리 모두는 어쩌면 신정녀일지도 모른다. 또한 단학선생은 철쭉꽃 한 아름으로 우리들의 문자학 수료를 축하해 주실 견우노인일 지도 모른다. 그리하여 언젠가는 '임진강 바람소리'도 전설이 되고 신화가 되어 세상 속으로 굽이굽이 흐를 것이다.

바람이 수면을 간질이며 물결이 된다. 그 물결 위로 더욱 맑아

진 윤슬이 요술처럼 반짝인다. 아득히 축가인 듯 워낭소리가 우리
들 가슴을 채우며 강을 따라 흐른다.

　* 임진강 바람소리-임진강 환경봉사 단체
　　정기 심폐술-매월 마지막주 토요일.
　** 주역 22번 산화비괘山火賁卦에 나오는 爻辭로 꾸미지 않은 아
름다움

이정표

앞서 간다는 것은 단순히 먼저 간다는 것만이 아니다. 뒤따르는 자 혹은 나중 오는 자에게 묵언의 이정표다. 길을 찾거나 헤매는 자에게 이정표만큼 반가운 것이 또 있을까. 인생 항해 길의 기준이 되고 목표가 되는 등대이며, 슬럼프에 빠졌을 때 여명의 빛이 되기도 한다. 바른 이정표는 인생의 든든한 지원자이며 인도자인 것이다. 내가 무심히 밟고 간 그 길이 누군가의 이정표가 된다면 어떻게 아무렇게나 걸을 수 있겠는가.

코로나19로 온 세상이 불안과 긴장 속에서 공황에 빠져 있을 때 '저 산 너머'라는 영화가 개봉을 했다.

동화작가 정채봉이 김수환 추기경과 나눈 대화를 재구성해 1993년 '소년한국일보'에 3개월간 연재했었고, 이것을 2009년 솔

출판사가 『바보 별님』이란 책으로 출간했었다. 이는 다시 추기경 선종 10년 후인 2019년에 동화 원제였던 『저 산 너머』로 책이 출판 되고, 바야흐로 2020년 영화로 우리를 찾아온 것이다. 가까운 지인들이 관련된 것은 차치하고라도 종교를 넘어 동시대 우리 국민들의 가슴 속에 뜨겁게 살아있는 분의 어린 시절 이야기다.

마스크와 휴대용 손 소독제를 챙겨 단단히 무장을 하고 극장으로 갔다. 방콕 국가 대표 선수로 뽑혔다며 집 밖이라곤 호수공원이 전부였던 나였지만 그냥 지나칠 수가 없었다. 개봉일이라 주인공과 사진도 찍고, 꼬마 추기경님과 함께 어린 시절로 돌아가 영상을 누비며 코로나19에게 빼앗긴 봄을 보상받고 싶었던 것이다.

순한-김수환 추기경의 어릴 때 이름, 아기 때부터 아주 순했다고 한다-의 어머니 마르티나 서중하 여사, 이 시대의 성모라는 말에 수긍 못할 자 누가 있을까. 행상 길에 우연히 사제 서품식을 보고 결심하여 초등학생인 두 아들에게 하나님의 아들이 되어 달라고 했다. 이후로 여사는 눈빛 하나, 손짓 하나, 발 한 걸음까지 한결같은 마음으로 이웃 사랑을 실천하며, 엄격하면서도 인자한 모범이 되어 마침내 '저 산 너머' 세계로 아들을 인도하신 것이다. 만약 그때 돈을 많이 벌어 어머니를 호강 시켜드리겠다는 어린 순한이를 기특하다 했다면 우리는 김수환 추기경과 그가 남기고 가신 묵직한 감동들을 만나지 못했을 지도 모른다.

가슴에 콕 박혔던, 인삼 대신 도라지를 달이시던 어머니의 손

길과 표정, 끝내 병을 고치지 못하고 일찍 돌아가시게 된 아버지. 어린 순한이는 얼른 부자가 되어 어머니를 슬프지 않게 해드리고 싶었다. 초등학교 졸업만 하면 읍내 인삼가게에서 장사를 배워 큰 인삼가게를 차릴 거라는 야무진 꿈을 꾸고 있었던 것이다.

모진 박해 속에서도 지켜내셨던 신앙과 사랑, 신분에 상관없이 천주의 가호 안에서 누구나 인간의 존엄과 평등이 실현되는 사회를 꿈꾸었던 천주교의 선구자들 중에는 양반도 많았다. 추기경의 할아버지도 그 중 한 분이시다. 추기경 되기가 어디 말처럼 쉬운 일인가. 신앙심과 사명감은 물론 하늘의 뜻이 없이는 결코 감당할 수 없는 자리인 것을.

할아버지 일가족 모두의 순교 와중에 '임신한 자 사형 시킬 수 없다'는 국법에 따라 할머니만 간신히 사형을 면할 수 있었다. 우여곡절 끝에 옹기를 굽는 빈 가마터에서 아버지가 태어나셨고, 천주를 깊게 품었던 할아버지와 할머니의 피가 아버지를 통해 순한 이의 뼛속까지 자리했던 모양이다. 삼대에 걸친 하늘의 예비 작업을 어머니는 아셨던 것일까. 강단 있고 영민하신 어머니는 아들을 잘 인도하여 지금 우리들의 가슴에 영원히 기억되는 추기경 김수환을 있게 하신 것이다. 한 생명의 첫 만남은 어머니이다. 자라고 걸어가는 길에 어머니는 제일 먼저 세워지는 이정표가 될 수밖에 없다. 추기경의 어머니 역시 김순한 인생에 가장 뚜렷하고 훌륭한 이정표였다는 사실이 또 하나의 감동으로 짙게 새겨진다.

산길 들길을 얼마나 종종대며 걸었을까. 눈 앞 가득 펼쳐진 야생화에 주먹으로 땀을 훔치며 숨을 고르는 까까머리 소년, 작은 봇짐 하나 둘러메고 저 산 너머로 앙증맞게 멀어지던 순한이가 극장 밖에서 관람객의 요청에 따라 사진을 찍고 있다. 순한이가 뛰놀던 청정산골이 아니건만 모두가 마스크를 끼지 않은 채다. 주인공 어린 소년을 걱정하면서도 나 역시 차례가 되자 마스크를 벗고 얼굴을 최대한 가까이 해서 사진을 찍는다. 지극한 이기심이 배려를 이겨먹은 꼴이다. 맨 먼저 찍은 사람이 마스크를 했더라면 어떠했을까.

踏雪野中去 (답설야중거) 눈 덮인 들판을 걸어갈 때
不須胡亂行 (불수호란행) 어지러이 헤매지 마라.
今日我行蹟 (금일아행적) 오늘 내가 걸어간 흔적은
遂作後人程 (수작후인정) 반드시 누군가의 이정표가 되리니.

서산대사의 시로 알고 있는 이 시가 이양연이 쓴 시라는 설이 나와 아직 시원한 결론을 못 내리고 있지만 중요한 것은 그 내용적 감동과 교훈이다.

아무도 밟지 않은 새하얀 설원, 푹푹 빠지는 발을 조심스레 빼올리며 누군가 걸어가고 있다. 휘날리는 도포자락 밑으로 아스라이 이어지는 깊고 가지런한 발자국, 발자국.

아들에게 난 어떤 이정표일까? 어지럽히진 않았을까? 자꾸만 내 발자국을 돌아보게 된다.

내 동생의 세상 사는 이야기

유명 가수의 공연장에 비할 수야 없겠지만 그래도 나름 화려한 조명과 밴드 포돌이의 음악이 서로를 응원하듯 신나게 호흡을 맞추며 행사장의 분위기를 한껏 돋운다. 안내 데스크엔 사람들의 환한 표정들이 따뜻하게 인정을 엮어내고 있다.

만남과 채움 그리고 나눔
        -소년소녀 가장 돕기 작은 음악회, 그 두 번째

한 해의 끝자락에서
지나온 발자국과 또 새로이 내디딜 발걸음을 돌아봅니다.
계절이 차가울수록 더욱 빛나는 온정!

따뜻한 가슴들이 만나 작은 사랑으로 채워가는 자리,
큰 행복을 나누는 그 곳으로
아름다운 사람, 소년소녀 가장과 여러분을 초대합니다.

저마다의 손에 쥐어져 있는 초대장, 작은 도움이나마 동생의
뜻에 함께 하려는 마음이 어느 새 오백여 석이 되는 자리를 다 채
우고 있다. 대부분이 가족이지만 친구 혹은 연인, 그리고 직장 동
료인 듯한 사람들도 제법 눈에 띈다.

"… 제가 조금이나마 남을 배려할 수 있는 마음을 가질 수 있게
된 것은 빠듯한 살림임에도 말로써가 아닌 생활로써 몸소 본을 보
여주신 부모님의 사랑과 가르침 덕분입니다. 큰 행운보다 소박한
행복을 더 사랑하는 여러분께 늘 행복이 함께 하시길 기원 드립니
다. 감사합니다." 주최자인 동생의 인사가 끝나자 사회자가 엄마
를 소개했다. 갑작스런 일에 붉어진 얼굴로 합장하며 고개 숙이는
엄마께 아낌없는 박수가 쏟아졌다. 동생의 뜻을 도우려는 후원자
는 시·구 지역의원들과 구청장, 경찰청 사람들, 체육회장, 기업사
장 그리고 동생과 함께 일하는 직장 동료 등 참으로 다양하다. 가
수가 아니어도 노래로, 섹소폰 연주로 음악회의 분위기를 한껏 고
조시켜주는 것으로 후원을 하는 사람도 고마운 일이다. 번쩍이는
무대복을 입은 가수의 현란한 댄스와 노래에 맞춰 어깨를 들썩이

고 있는 관중들의 행복한 얼굴이 조명을 따라 춤을 춘다. 동생 나이 이제 마흔 셋, 맨 처음 봉사를 시작한 때가 스물세 살 때였다고 하니 꼭 이십 년이 된 셈이다. 첫 직장에서 어떤 임무로 버스를 타려할 때 뇌병변 장애우를 만났단다. 그 때 버스를 타고 내리는 일을 도와주고 나니 뭔가 뿌듯함에 가슴이 벅차고 어쩐지 모든 일이 잘 될 것만 같았고, 마침 그 일은 수월하게 이뤄져 칭찬을 받았다고 한다. 그것을 계기로 동생은 적은 시간일지라도 자기 삶의 중요한 계획 속에 봉사활동을 포함시켰다는 것이다.

　장애우들이 있는 시설로 동생이 처음 찾아갔던 날은 햇살과 바람의 웃음소리가 신록 위에서 물결처럼 까르륵거리며 귀를 간질이던 오월이었다고 한다.

　해마다 오월이면 양산 통도사에선 그림그리기 대회가 있고, 장애가 심한 친구에게는 거기에 참가하는 것이 일 년 중 유일한 외출이었다고 한다. 그러기에 어떤 일이 있어도 그 대회에 꼭 참가하려고 무지 애를 쓴다고 한다. 장정의 도움이 절실하던 때 마치 알고나 있었던 듯 동생이 찾아갔으니 오죽 반가웠으랴. 동생은 그 때의 일은 평생 잊을 수가 없다고 했다. 이동식 침대에 누워 있어도 웃음이 얼굴 가득 꽃처럼 피어나던 그 사람들. 대회가 끝나고 놀이기구가 있는 곳으로 이동했을 때 뇌 병변 1급 장애를 가지고 있는 시인 한 분이 동생에게 귓속말로 88청룡열차를 무척이나 타고 싶다고 하시더란다. 시인의 나이 그 때 마흔 셋, 성한 사람도 그 나이면 엄두도 못 낼 청룡열차가 아닌가. 더구나 동생 역시 한 번도 타보지 않았던 것을.

동생은 안전요원에게 탈 수 있는 방법이 있냐고 물었고, 보호자가 옆에 같이 타면 태워주겠다고 하더란다. 겁이 났지만 그 애절한 눈길을 피할 수가 없어 함께 탔다는 것이다. 몇 분의 시간이 몇 시간 같았건만 시인의 얼굴엔 해맑은 웃음이 가득하고 참으로 즐거워하더란다. 문제는 그 이후. 한 번은 용기를 내어 탔지만 두 번은 못 타겠다 싶은데 모두들 자기만 쳐다보고 있더라는 것이다. 두 번 세 번, 급기야 네 번째는 화장실에 가서 구토를 하고, 죽을 것만 같은데도 차마 뿌리칠 수가 없어 결국 여섯 번을 다 탔다는 내 동생. 그 이야기를 듣자 나도 모르게 눈물이 났다. 그 순간만큼은 동생을 그토록 힘들게 한 장애우들이 밉기만 했다.

그렇게 시작한 봉사활동은 지금까지 계속되고 있다. 단지 몇 년 전부터 그 대상이 장애우와 독거노인에서 소년소녀 가장도 보태어졌다는 것이다. 동생이 말하는 소년소녀 가장은 서류상으론 엄연히 부모가 있고 보호자가 있다. 그래서 복지의 혜택을 전혀 받지 못하는 가정들이다. 사업의 실패로 부모가 가출했거나 혹은 병든 할머니와 산다든가 아무런 경제력이 없이 어렵게 살아가고 있는 사실상의 소년소녀가장들이라고 한다. 서류상의 독거노인과 장애우들을 도울 땐 그들에게 적으나마 일정한 정부의 지원금도 있고 해서 혼자만으로도 해낼 수가 있었다고 했다. 검소하게 사는 생활을 좀 더 절약하고 부지런히 시간을 내어 장마철이 지나면 곰팡이가 슨 벽지와 장판을 갈고, 겨울엔 연탄을 들여놓고 그리고 또 장애우들을 돕고. 그런 와중에도 고등학교 모교에 적금을 타서 장학금을 전달하고. 육남매중의 막내인 동생은 어릴 적부터 인색하지 않으면서도 아끼고 절약하는 좋은 점을 가지고 있었다. 객지에서 대학생활을 하던 나는 한 달 생활비에 맞게 생활하지 못했었다. 물론 넉넉지 않기도 했지만, 그렇더라도 동생이라면 충분히 가능했을 것이다. 집에 와서 모자라는 생활비를 받고서도 부모님 앞에선 말도 못하고 한숨 쉬는 내게 중학생이었던 동생은 가끔씩 "누야, 내 용돈 모아 놓은 거 좀 빌려주까?" 하면서 슬그머니 내놓곤 했었다.

그런 동생이었기에 혼자서도 그 일을 해낼 수가 있었을 것이다. 그러나 어린 가장 돕기란 넉넉지 않은 봉급으로 살아가는 한 가정의 가장인 동생으로서는 금전적인 문제에서 한계에 부딪히더라는 것이다. 사정을 알게 된 대상자는 많고, 또 적더라도 일정하게 지급되어야 그들도 계획된 생활을 할 수 있을 것이기 때문이다.

그리하여 생각한 것이 소년소녀 가장 돕기 음악회였다고 한다. 공연장 대관과 적당량의 초대장 인쇄, 공연할 가수와 밴드 섭외, 그리고 사람들을 만나 소박하나마 식사를 대접하며 초대장을 팔고, 행사 당일에 필요한 요깃거리로 음료와 김밥과 떡을 준비하고 어린 가장들에게 전해질 케이크까지. 이 모든 기획과 준비를 동생은 혼자서 한다고 했다. 물론 아내인 올케의 내조가 큰 힘이 되었음은 말할 것도 없다. 그러려면 적어도 몇 개월 전부터 일정을 계획하고 실천하며 준비해야 했을 것이다. 동생의 머리 밑이 그 사이 더 엉성해진 이유를 알았다. 초대장 쓰는 일 하나만 해도 난 며칠째 골머리를 앓지 않았던가.

음악회가 끝나면 도움을 준 사람들에게 감사 인사와 함께 행사 비용과 모금된 후원금, 그리고 후원 대상 가정의 실태와 후원 금액, 전달 방법 등 일일이 그 내역을 설명해준다고 한다. 그러는 동생에게 후원자들은 내심 궁금했었는데 알아서 설명을 해주니 더욱 믿음이 간다며 다음을 약속하고 격려해준다는 것이다. 단체나 법인을 만들어 보라고도 하지만 동생은 그럴 마음이 없다고 한다. 오직 첫 봉사 때의 그 초심을 잃지 않게 하고 힘들다고 중간에 그만 두지 않기를 기도할 뿐이란다. 나와는 여섯 살이 터울 진 동생, 내가 초등학생이 되어 등교할 때면 포대기를 끌고 뒤뚱 걸음 치면서 누나의 등에 매달리곤 했었던 우리집 막내 동생이다. 그런 동생이 지금 행사장에서 바쁘게 움직이고 있다. 자기를 업어 키운 누나보다 더 어른이 되어 있다. '여러분의 사랑과 정성이 소년 소녀 가장들에게 꿈과 용기를 줍니다.' 음악에 살짝살짝 흔들리는 현수막의 춤사위가 참 아름다운 날이다.

                    - 2011. 12. 5. 동생 음악회를 다녀와서

무제 無題

새싹은 다 예쁘지. 뾰족하니 고개 내미는 것 보면

참 반갑고 기특하잖아.

근데 딱 한 가지.

그런 것 없이 정말 미운 게 있어.

확 다 없애버리고 싶도록 말야. 뭐게?

잘 모르겠는데.

흰머리.

고개 빳빳이 들고 삐죽삐죽 올라오는 것 보면 미치겠어.

긴 흰머리보다 더 밉다니까.

무슨 소리. 대머리에게 물어봐. 얼마나 고마운데.

엥? 아, 맞다. 그렇구나. 대단한 명언이야.

미용실이 떠나가도록 까르륵거리는 여인들의 웃음 사이로
사춘기 소녀들이 지나갑니다.
연탄재처럼
누구에게 한번이라도 뜨거웠더냐고 묻던 시가
지나갑니다.
아하, 누군가에겐 너무도 소중한
흰 머리카락 한 개!

길나들이–심학산 둘레길

간간이 부는 바람엔 아직 꽃샘기가 묻어있다.

허나 무엇이 두려우리. 그래도 봄은 오는 것을! 제법 통통해진 산수유 봉오리는 하나 둘 꽃망울을 터뜨리기 시작했고, 개나리와 민들레도 바야흐로 흐드러질 준비를 끝내고 있었으니, 그렇게 햇살은 산 속에서도 바위틈에서도 노랗게 봄을 빚고 있었다. 그 봄 속으로 길나들이가 길을 나섰으매 봄은 정작 우리들 마음속에서 더 큰 웃음으로 피어나고 있었다. 비록 가까운 곳이지만 마음 맞는 사람들끼리 길을 나선다는 것은 얼마나 가슴 따뜻해지는 일인가! 따스함은 추위를 물러나게 하고 또한 그 어떤 뻣뻣함도 절로 녹아들게 하는 부드러움을 준다. 서로를 배려하고 염려해주고, 좋은 것 나누고 싶고….

동호회라는 것이 대개가 그러하듯 '길나들이'도 처음엔 서너 명에서 출발하여 알음알음으로 모이기 시작했다. 취미가 비슷하다는 것은 금방 친해지게 만드는 묘한 매력을 가진다. 가쁜 숨소리를 들으며 산에 올라 함께 나눠 먹는 도시락, 먼 길을 달리는 차 안에서 조금씩 풀어놓는 살아가는 얘기들, 비라도 오는 날엔 느닷없이 치는 번개-예정에 없이 연락해서 모이는 갑작스런 모임을 사람들은 그렇게 불렀다-에 기다렸다는 듯 나와서 막걸리 잔을 부딪치는 사람들. 그러다 보면 몇 번 만나지 않아도 금세 오랜 지기처럼 되는 것이었다.

　둘레길, 말 그대로 산을 높이로 오르는 것이 아니라 산허리를 따라 둥글게 한 바퀴 돌 수 있도록 만들어진 평탄한 숲길이다. 해서 노인들이나 다리가 약한 사람들, 아이들 할 것 없이 누구나 부담 없이 나설 수 있다. 굳이 등산화가 아니어도 가벼운 운동화라도 좋고 얼떨결에 구둣발로 나선다 해도 그런대로 오를 수가 있어 좋다.

　얼마 전부터 지방자치단체에서 다투어 둘레길을 조성하기 시작했다. 심학산 둘레길 역시 자유로 변에 위치한 해발 194미터의 나지막한 산에다 파주시가 조성한 길이다. 심학산尋鶴山은 『신증동국여지승람』에는 '심악산深岳山'으로 기록되어 있으나, 영조 때 궁중에서 기르던 학이 날아 도망갔는데 이 산에서 찾았다 하여 부르게 된 이름이라 한다. 굳이 정상이 아니어도 둘레길 군데군데

설치한 정자나 나무 계단의 쉼터에서도 한강 하류를 내려다볼 수가 있고, 특히 산 정상에서 보는 서해의 낙조는 가히 절경중의 절경으로 꼽을 수가 있다. 하지만 무엇보다도 가장 아름다운 것은 부모님을 모시고 아이들과 함께 산책에 나선 가족의 모습이다. 할아버지 할머니의 손을 잡고 종달새마냥 재잘거리며 깡충거리는 손자들, 그 뒤를 든든하게 뒤따르는 젊은 가장의 모습은 보는 이의 마음을 흐뭇하게 한다.

둘레길을 거쳐 정상에 오른 우리는 각자 준비해온 음식으로 점심상을 차렸다. 보온병과 보온 도시락 속에서 김을 피워내는 따끈한 찰밥과 된장국, 김밥, 김치말이 밥, 야채샐러드. 뜨거운 기름에다 살짝 두른 묵은지. 솜씨 좋은 회원의 맛깔난 파김치와 생된장에다 버무린 아삭 고추, 돼지 껍질 볶음…. 고급 호텔 뷔페가 결코 부럽지 않은 인정 어린 소박한 웰빙 뷔페다.

아, 막걸리 한 잔! 마른 목이야 물로써 해갈되지만 넘치는 정은 아무래도 술 없인 서운했나 보다.

너무 사부작 길이라 미처 챙기지 못했다는 인솔자의 말이 어느 우직한 마라토너 회원의 가슴에 요동을 친 모양이다. 만류를 뿌리치고 미처 배낭을 비우는 것도 잊은 채 왔던 길 되돌아 달려 내려갔다. 얼마 후 헐떡거리며 돌아온 그 사람. 아무리 달리기를 잘하는 마라토너라지만 점프와 배낭까지 흠뻑 땀에 젖어있는 모습을 보며 우리는 미안함과 고마움에 어쩔 줄을 몰랐다. 흐르는 땀을 소매로 쓱 문지르고선 의기양양 배낭 속에서 꺼낸 막걸리 몇 병. 남겨둔 안주가 다시 펼쳐지고 아빠를 따라 나선 세 아이를 위해 누군가 챙겨준 과자도 살뜰히 주인을 찾아갔다.

　정이 넘치는 아쉬움은 짧은 길을 오히려 길게 만들고 시간마저 정지 시켜버린다. 감동의 술잔이 한 순배 돌았다.

　　아침에 우는 새는 배가 고파 울고요
　　저녁에 우는 새는 님 그리워 운다네
　　너영 나영 두리 둥실 두둥실….

　누군가 시작한 노래 가락이 바람을 타고 춤사위처럼 너울거렸다. 자연의 일부가 된 듯한 우리들의 웃음이 햇살처럼 펼쳐진 곳, 심학산 둘레길에서 송글송글 땀방울이 맺힌 서로를 보며 그것이 우리들이 살아가는 이야기임을, 사랑하는 이유임을 굳이 말하지 않아도 모를 이 누가 있을까?

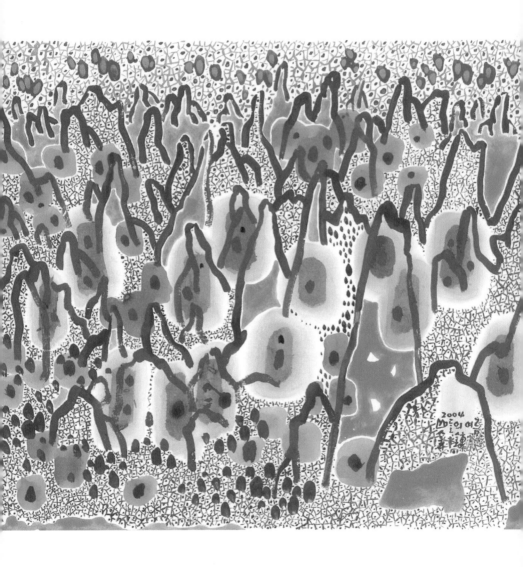

그 곳에도 봄이 오고 있나요?

하얀 연등으로 피워 올린 그리움에
답장되어 떨어진 꽃잎편지.
그곳은 그리도 멀어
다시 오지 못할 곳이라 하건만
그 먼 길을 돌아 예까지 닿도록
눈물 자국 마르지 않은 걸 보니
마음이 아려옵니다.
북망을 향해 손끝 오므려 실어 보낸
동생의 눈물에다
제부의 마음 보태고 보태어
마를 새가 없었던 걸까요?

순백의 꽃엔

눈물이 짓물러 온통 얼룩져 있습니다.

끝까지 남편이고 아버지여서

차마 흘리지 못했던 눈물이

저 여린 꽃잎에 다 쏟아졌나 봅니다.

목련화 피고 지고.

바다와 고향집을 안고 앉은, 햇살 가득한 장지에 제부를 앉히고 오던 날, 그 옆자리 아내의 자리까지 단정히도 앉혀 놓은 것을 보며 어떤 든든함이 언니로서의 무거운 마음을 한결 덜어주었던 걸 기억합니다.

그렇게 보내고 연해 맞은 얄밉도록 흐드러진 봄날, 밑자리 하얗게 꽃잎 떨구기 시작한 백목련을 보며 두 사람의 경계 없는 연서가 저리 피고 지고 있구나 했었지요.

다시 봄이 옵니다.

제부 떠난 지 꼭 일 년이 되네요.

유족연금을 하늘에서 남편이 보내는 월급이라며 지아비의 울안에 함께 살고 있는 동생이 기특하고 짜안해집니다.

봄이 오듯 제부가 다시 돌아온다면 얼마나 좋을까요?

아프다는 선고 이후 멈춰버렸다는 시간, 그래서 더 촘촘한 부부

의 시간으로 채운 병동 생활과, 이후의 바람과 빗물에 실어 주고
받았던 그리움들이 진한 사부곡思夫曲의 시집이 되었습니다.

　글자마다에 흐르는 순결한 슬픔
　시어에 담긴 애틋한 부부애,
　마침내 시혼으로 깃든 제부의 전부!

　함께 일궜던 생을 송두리째 반추하여 지아비의 혈관 속에 추억
으로 흘려주었던 병동생활이 다시 회억이 되어 햇살 한 올, 바람
한 움까지 시로 담아 제부에게 부치는 그리움의 소포. 기쁨과 반
가움이 새어나와 벙긋한 제부의 얼굴이 떠오릅니다.
　몸과 마음 어디 있든지
　남겨진 가족 꼭꼭 지켜주고 살펴주실 제부.
　우리도 동생을 챙길 것이니 염려는 훨훨 놓으세요.
　우리 제부로 와주셔서 고맙고 또 고맙습니다.
　그곳에서도 행복하시길 두 손 모읍니다.

　　　　　　　　　　　　　　　　　　　- 둘째 처형 씀

거목의 시인 되기를

　아무도 모르게 시를 공부하기 시작한 동생이 어느 날 우리 가족들에게 등단 소식을 전해왔다. 모두들 잠든 사이 온 세상을 하얗게 만들어 놓고선 아침을 맞는 이들에게 환희를 주는 밤눈처럼 동생은 시인이란 고결한 이름으로 우리를 감동케 했다. 그런 동생에게서 또 한 번 낭보가 날아왔다. 첫 시집을 낸다는 것이다.

　시를 쓴다는 것이 때론 섬광처럼 순식간에 탄생되기도 하지만, 대부분은 얼마나 제 가슴을 도려내며 아파해야 하는가. 마치 잉태하고 입덧을 하고 태교도 하며 인고의 기간이 지나야 비로소 세상으로 나오는 고귀한 생명처럼.

　엄마로서, 아내로서, 논술방을 운영하면서 또 복지관에서 소년가장들에게 논술교육을 봉사하면서 그런 틈틈이 써놓은 제 살붙이 같은 시들을 엮어 책으로 낸다고 하니 언니로서 어찌 기쁘지 않으랴.

부지런하고 고운 심성을 가지지 않고서는 결코 할 수 없는 일을 동생 신남이는 거뜬히 해낸 것이다. 놀라움과 반가움으로 칠월 햇살만큼이나 가슴이 뜨거워진다.

우리 육남매 중 막내딸인 동생은 어린 시절부터 유난히 욕심이 많았었다. 그것은 물욕이거나 탐심이 아니라 시간과 자기 삶에 대한 애살이었다. 지금 같은 성실하고 사랑스런 생활은 그 애살이 가져다주는 당연한 신의 선물인지도 모른다.

신남이의 시에선 아버지를 그리는 시가 많은 부분을 차지한다. 넉넉지 못한 형편임에도 우리 육남매를 마음이 따뜻하고 넉넉한 사람으로 키우셨던 아버지. 손재주가 좋아 꼬마 지게나 나무로 만든 붕붕카를 만들어 주시고, 그네도 만들어 태워주셨던 아버지! 오랜 병환으로 고생을 하셨던 즈음엔 다른 아들 딸 며느리 다 두고서 신남이의 집에서 간병 받는 걸 가장 마음 편해 하셨다. 그래서인지 동생의 시에 등장하는 아버지는 밝고 흥이 많아 낭만을 아시던 젊은 날의 아버지가 아니라, 링거를 꽂으신 병중의 모습이거나 돌아가신 후의 그리움과 더 정성껏 보살피지 못한 회한과 애틋한 효심이 묻어있다. 그것이 우리 가족의 마음을 아프게 하지만, 그 아픔은 또한 끈끈한 가족애의 또 다른 표현이기도 하다.

언젠가 제2집에선 어머니의 존경받기에 마땅한 인품과 자식을 위한 헌신, 그리고 어려운 현실에서도 언제나 낙천적인 성품을 잃지 않고 계신 어머니에 대한 시도 많이 쓰게 되리라 기대해 본다. 이런 어머니의 모습은 또한 신남이의 모습이기도 하다.

첫 시집을 내어 가장 먼저 아버지 영전에 바치고 싶다는 시인 이신남! 비록 동생이지만 그 지극한 효심과 심금을 울리는 그의 시심이 존경스럽고 자랑스럽다.

이제는 서로의 반려자가 되어 언제나 함께 하게 될 이신남 시인과 그녀의 시, 그들의 동행이 많은 이들의 가슴에도 잔잔한 행복을 전해주리라 믿으며, 우리 시단을 빛내는 거목으로 성장하기를 기대해 마지않는다.

지구야, 아프지 마

새벽부터 내리는 비가 그칠 생각을 않는다. 봄비라고 하기엔 너무 큰 비다. 봄비는 독서하기에 좋고, 여름비는 장기나 바둑 두기에 좋고, 가을비는 다락 정리하기에 좋다고 계절별 비를 예찬했던 임어당의 말이 무색해진다. 책을 읽다가도 자꾸만 신경이 쓰일 만큼 빗소리가 요란하다.

하기야 그 사람이 작가로서 활동하며 살았던 시기도 벌써 백여 년 전의 일이다. 온난화의 추이로 볼 때 백 년이면 지구의 온도가 약 1도씨 정도 상승했다는 얘기다. 별 것 아닌 것 같은 1도씨지만 실제로 나타나고 있는 지구 곳곳의 온난화의 결과는 참으로 엄청나다.

여러 생태계의 이상과 잦은 쓰나미와 해일, 홍수, 폭설 등 이상

기후들이 다 우리가 현재 실감하고 있는 지구 온난화 현상이다.

백여 년 전의 봄비는 들릴 듯 말 듯 보슬보슬 내렸을 터이니 가슴팍에 베개 하나 받치고 엎드려 책을 읽으면 얼마나 집중이 잘 되었겠는가. 그리고 똑, 똑 바둑 소리에 주룩주룩 장단을 맞춰 주는 장대 같은 여름비. 추적추적 낙엽 적시는 소리에 딱히 마음 둘 데 없어 결국은 다락방 정리를 하게 만드는 가을비.

그렇게 비만 보고도 계절을 알 수 있을 만큼 뚜렷했던 계절의 변화는 이제 찾아보기가 점점 어렵게 되었다. 과학과 산업의 발달로 지구는 고열로 몸살을 앓고 있고, 그로 인해 곳곳에서 혼란을 겪고 있다. 그것이 얼마나 무서운 일인가를 깨달아 이제는 지구촌 곳곳에서 병든 지구를 구하자는 녹색운동을 벌이고 있으니 그나마 다행한 일이다.

빗속을 엄마 손을 잡고서 행사에 참여해준 유치원생과 초등학생들, 중고등 학생들과 일반부 시민들. 또 직접 나오지 못한 학생은 그림과 원고를 보내 나름의 지구 사랑을 표하기도 했다. 어떻게 하면 건강한 지구를 되찾을 수 있을까를 생각하며 젖은 옷 아랑곳 않고 열심히 그림을 그리고 있는 아이들과 스스로 할 수 있는 방법은 없을까를 그림과 원고지 속에서 진지하게 궁리하고 있는 중고등학생들의 모습. 이 모두에게서 밝고 건강한 지구를 되찾는 것 같아 참으로 고맙고 든든하다.

작년 행사 때의 '지구야 미안해, 사랑해'가 생각났다. 행사의 마지막에 아주 커다란 지구본에다 치료의 처방전을 붙여주며 지구의 건강 회복과 완전한 쾌유를 빌었던 우리는 줄곧 편익만을 쫓아왔던 이기심에 얼마나 미안하고 안타까웠던가. 올해 역시 마찬가지다. 햇살이 좋았던 작년과는 반대로 옛날에는 한여름에도 보기 힘들었던 게릴라성 호우 속에서 진행됐지만, 그것이야말로 지구 온난화의 이상 증후를 가장 가까이서 보는 격이니 지구의 건강을 살리고 지키는 길을 다시 한 번 다짐하게 한다. 자동차 대신 가급적이면 대중교통이나 자전거를 이용하고, 일회용품 사용하지 않기, 화학 세제 사용을 줄이고 천연세제를 쓰거나 아예 쓰지 않는 방법, 또 나무를 많이 심고 잘 가꾸겠다는 등.

비를 피하기 위한 천막 부스 안에선 세제를 쓰지 않아도 되는 수세미를 뜨개질 하는 아주머니들의 손놀림과 몸살 난 지구의 모습을 찍은 사진들을 설명하는 목소리, 그림을 그리며 주고받는 아이들의 얘기소리가 참 경쾌하다. 그림과 글짓기를 마친 학생들과 행사에 참여한 어른들의 손에 누군가 후원한 꼬마 선인장 하나씩을 들려 보내는 우리 기획분과원들의 마음도 따뜻해진다.

무섭도록 내리던 비도 쏟을 만큼 쏟았는지 봄비답게 내린다.

보슬보슬….

여성이 미소 짓는 나라

대선에서 우리는 처음으로 여성 후보가 등장했다는 사실에 주목해야 한다.

과거 조선조에서부터 지금까지의 정치 행태를 보면 학파와 사상 혹은 이념과 이권에 따라 뭉치고 흩어지고 공격하며 패거리 붕당정치와 줄 세우기 정치, 나눠 먹기식 정치 등에 여념이 없었다고 해도 과언이 아니다. 이 모두는 남성 패권주의 정치로서 우리 정치사 600년의 부끄러운 자화상이며 그 전면엔 남성이 있었음은 두 말 할 것도 없다.

유교를 통치이념으로 세웠던 조선조에서는 여성의 지위와 권익은 물론 남존여비라 하여 인간으로서의 존재 자체가 남성에 비해 상대적으로 얼마나 비하되고 있었는지는 공식적으로는 양반들조차 여자에게 글공부를 가르치지 않았다는 점에서 능히 짐작할 수 있다. 그리하여 여성들은 벼슬길이나 정치 활동에선 아예 원천적으로 차단되다시피 했었던 것이다.

그랬던 것이 지자체장은 물론 여성 대통령 후보까지 나왔으니 얼마나 큰 변화이며 발전인가! 그러나 아직도 우리 여성들에게는 정치에 대한 무관심과 자기 의사보다는 아버지나 남편 혹은 아들의 뜻에 따라 투표를 하는 남성 의존적인 면이 잔재해 있다. 남성들에 비해 이념이나 사상, 즉 뚜렷한 정치적 성향을 갖지 못하고 중도적인 입장에 있는 여성들이 많다고 한다. 이것은 달리 말하면 여성 유권자들이 후보들의 당락에 결정적인 역할을 충분히 할 수 있다는 것을 의미하기도 한다.

언제까지 우리는 남성 패권 정치의 못난 모습들을 되풀이할 것인가. 언제까지 우리 여성들의 미래와 행복을 남성에게 의존할 것인가. 이번 대선을 계기로 우리 여성들이 분분히 깨어나 여성들이 주체적으로 행복을 일구는 나라를 만들어야 한다.

남성패권정치에서 여성행복정치로의 역성혁신易性革新을 이루어야 한다. 여성이 귀를 열어 아주 작은 신음에도 귀 기울이며 소외된 사람 없이 골고루 잘 살 수 있는 균형 잡힌 사회를 만들고, 여성이 눈을 떠서 저마다의 개성으로 어우러진 조화로운 사회를 만들어야 하며, 그간 억압된 차별이 있었다면 남성을 통해서가 아니라 여성이 직접 여성의 목소리로 권리를 주장해야 한다. 여기서 머무는 것이 아니라 부패의 냄새와 향기를 식별하여 책임과 의무를 다하지 못한 것은 없는지를 또한 살필 줄 알아야 한다. 그리하여 여성 특유의 섬세하고 예민한 감각으로 균형과 조화를 이루는 사회, 책임 있는 권리와 자발적인 의무가 행해지는 사회를 만들어 진정으로 우리 여성들이 미소질 수 있는 사회를 만들어야 한다는 것이다.

여성이 미소를 지어야 가정이 행복하다. 여성이 미소 지어야 건강한 사회가 된다. 여성이 미소 지어야 국가가 부강해진다. 그리하여 여성이 진정으로 미소 지을 수 있을 때 '행복한 나라 대한민국'이 될 수 있는 것이다.

'여성이 미소 짓는 나라, 행복한 대한민국', 이 얼마나 멋진 일인가!

2012년 대선, 그 간의 추이로 볼 때 역성혁신은 우리 여성들 손에 달려있는 것은 틀림없는 일이다. 정치 역사상 영원한 '을'측에만 있었던 우리 여성들이 그 틀을 벗어나 동등한 사회 참여와 구성자로서의 권리와 보편적 의무를 짊어지는 보다 더 성숙된 여권신장운동의 출발점이 될 수도 있으며, 경우에 따라서는 한 사람이 아니라 두 사람의 후보도 가능하겠기에 이번 대선이 단군 역사이래 '모성정치'의 첫 용광로를 열 수 있는 더없이 좋은 기회이다. 바야흐로 남성패권정치에서 벗어나 여성 대통령이 나라를 이끌며 국가 발전의 '제2도약대'로 삼아 '진정한 정치'가 어떤 것인지를 보여 줄 때가 도래했다는 것이다.

2012년 대통령은 총유권자 50%가 되는 우리 여성 유권자가 결정한다는 것을 반드시 명심해야 한다.

여성이 미소 짓는 행복한 나라, 대한민국!

여성들이여, 우리 스스로 만들어 보지 않으려는가? 위대한 대한민국 건설에 동참하지 않으려는가?

어느 환경 사업가를 찾아

우주의 무수한 별들 중 인류는 물론 모든 생명을 탄생시키고 키워내고 있는 것은 두 말할 것도 없이 지구이다. 먹거리, 입거리 또 안식처까지 온갖 자원을 대가 없이 제공해 주고 있는 지구에게 우리가 서 있는 현주소는 어떠한가?

기술과 산업의 발달은 우리 인간의 생활에 편익을 주는 대신 환경을 오염시키고, 생태계의 질서를 어지럽히고, 급기야는 지구 온난화라는 총체적 이상증후를 보이고 있다. 그것이 얼마나 무서운 것인가는 다행히도 서서히 각성하고 있지만, 그래도 예방을 위한 실천 차원에서는 심각한 수준이다. 이러한 일원으로 고양시의 제21협의회 기획분과회에서는 특별기획중 하나로 '기업탐방'을 기획하고, 그 대상으로 청룡환경연합 박원일 회장이 대표로 있는

'원일종합환경(주)'(이하 '원일')을 선정하였다.

세모歲暮의 오후, 내비게이션으로 목적지를 맞추고 우리는 비를 가르며 달린다. 지구는 지금 얼마나 앓고 있는 것일까? 눈은커녕 겨울의 끝자락인 양 봄비같은 비가 내린다.

경기도 파주시 파평면 배머리길 611, 613. 나지막한 산과 그리 넓지 않은 논들 사이로 옹기종기 앉아있는 집들이 고향처럼 아늑하다. 산 밑으로 컨테이너 박스가 보인다. 하얀 풍산개 한 마리가 입구에서 짖지도 않고 꼬리치며 반긴다.

이: 안녕하세요? 고양의제21협의회 기획분과위원 이향희입니다. 바쁘실 텐데 시간 내주셔서 감사드립니다.

박: 아이구, 반갑습니다. 어서 오세요. 궂은 날씨에 오시느라 수고하셨습니다.

이: 사무실 안이 따뜻하네요. 우선 지구환경보전의 일선에서 늘 큰 몫을 담당하고 계신 대표님과 직원분들께 감사를 드립니다. 처음 이 일을 시작하기가 쉬운 일이 아니었을 텐데 특별한 계기라도 있었나요?

박: 기피업종이라고 할 수 있죠. 처음 시작할 그 당시만 해도 재활용이라 하면 쓰레기를 먼저 떠올렸으니까요. 특별한 계기라기보다 한마디로 배가 고파서 했다는 게 맞겠네요.

박원일 대표는 어린 시절 겪었던 아픔을 담담히 얘기했다. 여섯 살에 어머니를 잃은 후 그해 아버지의 재혼, 어느 날 계모(새어머니라는 표현을 굳이 피하였다)랑 서울역에 왔다가 길을 잃어 아동보호소로 끌려가게 되고, 거기서 초등학교를 다니다가 형들의 구타를 못 견뎌 4학년 때 도망을 나와 소위 말하는 양아치패의 똘마니 생활. 그렇게 십여 년을 넘게 객지를 떠돌다 응암동에서 우연히 여섯 살 때의 고향(고양시 토당동) 친구가 자기를 알아보아 집으로 돌아가게 되었다는 것이다. 그 때가 열여덟 살. 집이 편치만은 않은 그는 잠깐 함께 지내다 다시 난지도 매립지에서 재활용품을 가려내는 일을 또 하게 된다. 삼대독자라 면제를 받을 수 있었는데도 자원하여 군복무 3년을 마친 후, 1978년 5월 스무 네 살 때 난지도 매립장에 자원설립을 하고 본격적으로 재활용 사업에 뛰어든 것이 지금의 '원일'이 된 것이라고 한다. 이름만 들먹여도 알만한 거지왕 밑에서 떠돌이 시절 배가 너무 고파 버려진 음식도 입 대어 봤다는 얘기, 욕설과 폭행보다, 쓰레기 매립장을 뒤지는 것보다 시키는 대로 나쁜 짓을 해야 하는 것이 너무 힘들어 몰래 도망쳤다는 얘기, 사업이 한창 번창하던 1990년에 그간 벌었던 돈 전부를 친구에게 떼여 빈털터리가 되었어도 친구 원망하지 않았고, 다시 하면 된다는 신념으로 재기한 얘기는 그의 타고난 품성이 얼마나 선하고 근면성실한지를 충분히 알게 했다.

이: 힘든 시절의 얘기를 하기가 쉽지 않으셨을 텐데 감사합니다. 숱한 역경을 딛고 자수성가하신 대표님의 모습 존경스럽습니다. 자원이 재활용되기까지 어떤 장비로 어떤 과정을 거치게 되나요?

박: 먼저 가정이나 학교, 위탁업체, 공장, 상가, 기타 지역에서 분리 배출한 재활용품을 지정된 요일에 신속하게 수거해서 일정한 공정과정을 거쳐 다시 필요한 곳으로 보내는 게 우리가 하는 주된 일이죠.

원일 집하장으로 수거된 재활용품중 제대로 분리되지 않은 혼합품은 1차 컨베어에서 병과 파병 고철로 분리하고, 2차 컨베어에서 플라스틱 및 패트병을 유도하여 플라스틱은 다시 HTPE, PE, PP, PS, OTPE 등으로 선별하여 압축하거나 분쇄한다. 철이나 캔류도 역시 선별기로 재분류 하고, 스티로폼은 응용기로 감용 공정을 거쳐 최종 인코트한다. 이런 공정과정을 거쳐 야적해 두었다가 일정량이 되면 자원으로 재활용하기 위해 필요한 가공 공장으로 보내며, 장비로는 화물차 지게차 등 운반용 차량 18대와 1차 콤베어 2대, 2차 컴베어 1대, 압축기 2개, 캔 선별기 1개, 스티로폼 응용기 1대, 차량 계근대 1대 등을 갖추고 있다.

이: 재활용업체가 환경에 기여하는 정도는 얼마나 된다고 보십

니까?

박: 아주 크지요. 일단 업체뿐만 아니라 분리수거를 하게 된 사실부터가 환경보전과 자원 활용에 큰 역할을 하고 있지요. 그래서 저는 이 일을 일제 강점기 때 오직 해방을 위해 활약했던 '독립군'의 역할에 비유하고 싶어요. 분리하면 자원이 되는 것을 귀찮다고 그냥 버리면 결국 소각하거나 매립하게 되고 땅속은 점점 쓰레기 더미로 쌓일 것입니다. 그리되면 우리 환경은 또 얼마나 오염되겠습니까?

이: 우리 국민들의 환경이나 분리수거에 관한 실정을 다른 선진 국가와 비교해 평가하신다면? 또 대표님의 환경에 대한 소신이나 특별히 가족들도 평가하신다면 어떤 등급을 주시겠습니까?

박: 죄송한 말씀이지만 최하위 수준입니다. 1995년 1월 1일 쓰레기 종량제 실시 이후 매립 양이 현재 20%정도 감소되긴 했지만, 분리 배출 방법은 아직 신경을 더 많이 써야합니다. 저는 일본을 제일 싫어하지만 분리 배출하는 자세만큼은 그들에게 배워야 한다고 생각합니다. 종류별 분류는 물론 모든 빈병은 깨끗이 씻어 뚜껑과 분리 배출하고, 이물질은 떼어내고, 우유팩은 헹궈서 잘라 각을 맞추고 헌옷은 차근히 개어서 수거함에 넣는 걸 보고 깜짝 놀랐습니다. 그래서 저는 지금도 시청이나 구청, 학교, 아파트 관리사무소 등에 꾸준히 분리배출 요령 공문을 보내어 주민홍보를 당부합니다. 물론 분리배출 방법에 관한 교육 요청이 오면 기꺼이

달려가고요. 자원이 턱없이 부족한 우리나라 아닙니까? 분리수거
만 잘 되어도 큰 자원이 될 수 있거든요. 저희 가족들은 제게 하도
세뇌를 당해 아주 잘하고 있습니다. 아들이 지금 대학생(경찰대학
교)인데 고등학교 다닐 때까지 학교에서 분리수거 봉사를 하면서
친구들에게 수시로 분리 방법을 가르쳐주고 그랬대요. 저는 이 일
을 하면서 환경에 대해 많은 생각을 하게 됐지요. 그래서 청룡환
경연합(현재 경기북부지역회장)과 독도지킴이 활동에도 심혈을
기울이고 있지요. 재활용 사업에 '환경'이라는 말도 제가 회사명
으로 딱 쓰고 나니까 다들 따라 쓰더라고요(웃음).

이: 직원 복지에 대해 특별히 신경을 더 쓰시는 게 있나요?

박: 직원이 저를 포함 모두 35명인데 대부분이 외국인 근로자
에요. 그래서 저는 진심으로 가족같이 잘해주려 노력합니다. 필요
한 보험과 보너스 외에 가장 신경을 쓰는 건 따뜻한 밥과 잠자리
지요. 직원이 배고프고 추우면 나도 춥고 배고프다 생각합니다.
그래서 기숙사 관리와 식사를 아내에게 특별히 맡겼지요. 냉난방
도 항상 내 집처럼 살피고요.

이: 대표님의 좌우명과 지금 갖고 계신 꿈, 또 환경당국에 대한
건의사항, 앞으로 우리 모두가 신경 써야 할 과제가 있다면 무엇
일까요?

박: '하면 된다'는 게 제 좌우명입니다. 죽을 만큼 힘들다 싶어
도 끝까지 포기하지 않고 하니까 되더라고요. 그래서 '하면 된다'

는 걸 우리 사훈으로도 여기 딱 걸어놨지요. 그리고 '재활용 체험 시설을 갖춘 견학장'을 많이 만들어 온 국민이 자원과 환경의 소중함을 깨닫고 환경보호 운동을 생활화 되게 하는 것이 하는 것이 건의사항이고 제 꿈입니다.

이: 오늘 좋은 말씀 감사합니다. 대표님의 꿈이 꼭 이뤄져서 우리나라 뿐 아니라 이 지구 환경 전체가 잘 보전될 수 있도록 우리 모두 솔선수범해야겠습니다.

박원일 대표는 지금까지 환경봉사활동과 재활용 사업으로 받은 상만 해도 구청장 시장 도지사 표창장은 물론 경인지방 환경청장, 산업자원부장관상까지 참으로 다양하다. 회사를 아들이 물려받아 이어가기를 바라지는 않느냐는 질문에 당당히 그렇다고 한다. 재활용 사업은 사업을 넘어 환경 보호 운동이라고 말하는 그의 눈빛에 40년 가까이 한우물을 파온 신념과 긍지와 자부심이 반짝거린다.

'버리면 쓰레기 모으면 자원'이라는 말이 가슴 깊이 새겨진 날이다.

〈작품 평설〉

김 종

이향희 수필집『꿈을 다리다』평설

행복을 탐색하는 여러 사유들
-흘러든 것들로 채우고 비우면서

김 종/시인 · 화가

"좋은 수필은 시보다 향기롭고 소설보다 감미로우며 희곡보다 극적이다.…사실의 기록이라기보다 어떤 소재를 흥미롭게 전달하기 위해 이상화하고 그것을 추상화하여 천상묘득遷想妙得의 경계를 펼쳐 놓는 것이 수필이다."(정주환)

수필은 운신의 폭이 사통팔달한 장르이다. 다른 장르는 저마다 협소한 제작원리가 자리 잡고 있지만, 수필만은 제작원리도 드넓지만 대양처럼 활달함이 물결치는 장르이다. 세상은 바라보는 사람에 따라 광활한 바다도 바가지로 퍼내기도 하고 선박을 띄워 망망대해를 항해하기도 한다. 이슬 한 방울에서 우주를 살피고 그 다다를 길 없는 그리움의 가없는 물면을 달리고 달려서 사랑의 둥지에 다다르는 자도 있다. 이도 저도 두루 작가가 구사한 언어적 표현의 차이인 것은 물론이다. 그 그리움의 시작과 끝을 보겠다고 눈빛 형형한 배를 띄워 대양을 달리는 작가의 모습을 상상해 보라. 그 자리에 그리움은 작가가 지어내는 오만가지 형상의 절대한 질료이고 수단인 것을 이해할 것이다.

 *어려움엔 현명하고 행복할 땐 겸허하라

우리 현대문학사에서 작가 박완서는 빼어난 일급 이야기꾼이었다. 그러던 그였지만 고등학교를 마치고는 가정형편이 어려워 진학할 대학을 합격만 했지 진출하지 못하고 멈춰야 했었다. 그리고는 결혼을 하고 자식을 낳아 기르던 중년의 어느 날 남편은 직장에 가고 자식들은 학교에 보내고 자신만 남은 빈집에서 문득 방바닥을 훔치다가 '나는 무엇인가?'를 생각하고 본격 글쓰기에 들어갔다. 그리고는 이야기에 걸신들린 사람처럼 그 많은 이야기들을 쏟아내어 괄목상대하게 한국 소설 문학계를 장식한 것은 알려진 바다. 이향희 작가의 글쓰기에도 박완서 선생과 동일한 부분이 눈에 들어오고 글쓰기가 시작된 부분에서의 자기 전개는 분명 박완서 작가와 상당 부분 겹친다고 생각된다.

이향희 작가의 글쓰기도 중년부터의 작업이고 채울 길 없는 그리움에의 자기 확인의 작업으로 여겨진다. 수필집『꿈을 다리다』를 독서하면서 크게 다가온 것은 사유와 서사와 묘사가 한 자리에서 두루 하모니를 이룬 이향희 작가의 산문 문장은 정주환교수의 언급처럼 "시보다 향기롭고 소설보다 감미로우며 희곡보다 극적일 정도"의 자별한 맛을 음미할 수 있었다.

　이향희 작가와 필자의 세월에는 징검돌처럼 지금은 저 먼 세상에 계신 정주환 교수가 자리 잡고 있다. 햇수로 20년을 거스르면 정교수께서《대한문학》을 세상에 내보내면서 필자는 '편집주간'을 맡게 되고 그 인연으로 신인상을 받고 수필 문단에 등단한 이향희 작가와 만나게 된다. 이향희 작가는 문학 세상에 소개되고부터 자신만의 옹골진 노력을 보태어 왔다. 거기에다 연배가 높은 이애용 · 권정순 · 김영남 작가분들과 가깝게 어울리면서 자신만의 자리를 넓히는 한편 대학원과정을 마치고 대학에서 강의를 맡아 분망하게 활동하면서 '대한문학작가회'를 맡는 등 어엿한 중견 작가로 성장하였다. 그리고 근자에는 격월간《문학 秀》에서 작가회장 등도 겸하면서 발간의 중심에서 역할을 보태고 있다.

　필자는 이향희 작가의 활동을 시종 지켜보는 터로 작품집 상재의 자리에 평설을 보태게 되었다. 허나 정주환 교수가 계셨더라면 이 일은 의당 그분께서 채우셔야 하는 일이고 작가는 그 부분을 '자서'를 빌어 "교수님의 한바탕 꾸중이 유난히 그립"다 하였고 환한 웃음으로 축하하고 격려해 주셨을 모습을 그려 보이고 있다.

이젠 나 자신이 항아리에다 뭔가를 담아가야 한다. 남편에 대한 바람도 담고 아들에 대한 소망도 담고, 가끔씩은 단풍잎 두어 개와 별빛도 담아두고 싶다. 빗물을 받듯 때론 창가에 내 놓아 나 모르게 행해지는 이웃의 선행들도 받아 담아 그것을 배우고 싶다.

- 〈항아리〉에서

작품의 제목이 〈항아리〉인 것은 우리 모두가 그 속에 담겨도 좋겠다는 생각을 하며 읽었다. 항아리는 상징적으로도 만삭의 아낙이 연상되는 그릇이고 배부르고 넉넉한 세상을 의미했었다. 〈항아리〉에서 작가는 일상에서 우리는 수 없이 많은 크고 작은 일들과 마주치며 살아간다고 했다. 그러나 그것들은 때로 어려움도 동반하지만 동시에 행복에도 도달한다는 사실이며 작가는 여기에서 "어려움에 현명하게 대처하고 행복할 땐 겸허해져라"는 옛 직장 상사의 말을 좌우명 삼았고 자신에게 밀어닥친 여러 어려움을 이겨낼 수 있었던 것이다.

작품 〈항아리〉는 이향희 작가를 《대한문학》 신인상으로 문학 세상에 소개시킨 작품이다. 만성의 인두염을 앓으면서도 '언제나처럼' 눈인사를 나누면서 천연하게 보낼 수 있었던 것은 "거실의 한 켠에서 따사로이 내 영혼을 감싸주며 조신하게 앉아 있는 도

자기" 때문이었고 화자는 이것을 항아리라고 부른다고 하였다. 요컨대 '도자기'를 '항아리'라 부른다는 단서를 이 같이 설명한 다음 거기에 오만가지 의미를 담아서 이를 동행하는 친구이자 스승이라고 하였다. 그러니까 일상에서 마주친 각다분한 여러 일들을 친구처럼 곁에 두고 흉허물없는 여러 일들을 교환한다는 의미이겠고 항아리의 다소곳한 모습에서 현명과 겸손을 배우는 등 스승의 의미를 부여한 것이 아니던가 싶다. 대학을 졸업하고 직장생활을 시작하고 모든 일에 자신만만하던 시절, 그러면서도 한편으로는 "한숨과 좌절과 체념을" 경험해야 했었고 "사랑과 너그러움과 따뜻한 정을" 배울 수 있었던 것이다.

세상 이치는 언제나 낮과 밤이 있듯이 작용과 반작용 또한 있었겠고 어려울 때와 행복할 때가 있기 마련인 것. 그러면서 한편으로는 현명해지고 한편으로는 겸손해질 수 있었다. "두 번째 'ㅂ' 받침의 나이"(스물여덟 살을 의미)가 되었을 때 결혼을 하고 직장을 정리했을 때 주위 사람들로부터 많은 선물을 받았는데 그중에 '항아리'가 있었다. 그리고 그 속에다 직장생활에서 받은 여러 애환을 고스란히 담아서 주둥이를 꼭꼭 닫아 "남편 곁으로" 가져온 것이다.

그리고는 힘들 때는 현명해지고 행복할 때는 겸허해지면서 며느리로서 지어미로서 어머니로서 "그리고 순수한 '나'로서 여러 어려움을 이겨내면서" "행복 역시 아름다운 마음으로 세상을 볼 줄 아는 슬기와 작은 것에도 감사할 줄 아는 마음을 가질 때 가능"

하다는 것을 체득하며 살아온 것이다. 어찌 보면 사는 일은 기약 없는 자기와의 싸움일지 모른다. 그러면서 세월은 갔고 최선을 다하지 못했던 지난 일들을 돌이키면서 직장을 접고 아줌마로 살아가면서 자꾸만 게을러지는 자신에게 나이가 드는 일에 대한 지혜로움을 새삼 배울 수 있었다.

작가는 본연의 자리로 와서 항아리의 배부른 공간에다 남편에 대한 바람, 아들에 대한 소망, "가끔씩은 단풍잎 두어 개와 별빛도 담아두고 싶"었던 것이다. 그것들은 마치 빗물을 받듯이 창가에 내놓고 이웃에의 선행들도 넘치도록 자신의 일로 받아들이고 싶었던 것이다. 지나친 욕심도 버리고 계영배처럼 스스로 지나침을 경계하는 절제의 미학도 뚜껑을 버린 항아리에서 배운 가르침이라는 것이다. 항아리를 선물한 이의 마음을 자신에 대한 바람으로 받아들이면서 〈항아리〉의 소중한 가르침을 "생활의 지혜와 삶의 향기와 철학"으로 보태어서 자신 또한 "가장 아끼는 사람에게 항아리를 선물할 수 있기를" 소망하면서 어루만지는 항아리와 작가의 모습이 선명하게 하나로 겹치는 것을 독서할 수 있었다.

대학 3학년이 되어 한 청년을 알게 되었다. 새삼스러울 것도 없는 이미 친하게 지내던 중학교 동창생, 유리창에 부딪쳐 부서지는 햇살 같은 눈빛과 도톰한 입술이 밝게 반질거리던 그 아이가 느닷없이 내 가슴에 파고들기 시작한 것이다. 겨울방학이라

친구 집에서 밤을 꼬박 지새며 나눴던 그와 나의 얘기들이 사랑
의 씨앗이 될 줄을 난 몰랐었지만, 그는 이미 그 긴 겨울밤의 얘
기들로 사랑의 화살을 만들고 있었던 것이다.

- 〈해운대, 나의 바다〉에서

민물과 짠물의 차이는 어디서 오는 걸까. 혹자는 물이 담긴 곳
에 파랑이 이느냐 일지 않느냐에 있다고도 한다. 그러나 이것도
정설은 못 되는 것 같다. 필자가 일본 교토에서 유학하던 때의 일
이다. 인근에는 비와꼬(琵琶湖)라는 호수가 있었는데 이곳의 물
맛이 싱거워서 함수를 담은 바다가 아니라 담수를 채운 호수로 알
았었다. 하지만 물면이 사뭇 넓어서 바다로 믿는 사람들 또한 많
았다. 바로 그 물면에 상시로 파랑이 인다는 사실 때문이었다. 파
랑의 유무를 따라 바다냐 아니냐의 차이는 그래서 무의미하다는
것이겠지만 호수든 바다든 물면이 잔잔하면 절로 마음이 평화로
워진다.

  *은행, 대화엄 세상을 불 밝히는 발광체

바다에 바람이 개입하면 파도가 일고 태풍이라도 몰아치면 바
다는 질풍노도가 되어 동네방네 뒤지고 다니듯 온 세상을 뒤흔들
어 놓고야 만다. 확실히 파도를 앞세운 바다의 천변만화는 바다를

떨쳐낼 수 없는 매력이기도 하다. 이 나라 최대의 해양도시 부산에서 대학 시절을 보낸 작가 이향희에게 '해운대'라는 바다는 시간만 나면 찾아 나선 휴식의 현장이었고 파라솔을 배경으로 백사장을 밟고 걸으면 내내 바다와 함께하는 즐거운 시간의 연속이었다.

그런 의미에서 이곳에서 바캉스를 보내는 '나의 해운대'는 온 세상을 삼킬 듯 몰려오는 해일로 하여 "구름인지 하늘인지 바다인지도" 모를 묘망渺茫의 현장이었다. 그러던 어느 날 그는 대학 3학년이었고 중학교 시절 친구였던 '한 청년'을 만났고 두 사람은 "파도를 안고 끊임없이 출렁이는 저 바다와 같"은 유쾌한 사랑의 시간들을 공유하면서 사랑의 화살들을 주고받는 관계가 되었다. 이들이 큐피드 화살로 서로의 심장을 관통하기까지의 시간들은 "가슴으론 뜨겁게 끌어안으면서도 머리론 언제나 도리질 치던 그 번민의 나날들"이 있었고 "바람이 다르고, 바다 빛도 달랐으며, 파도는 어제의 그 파도가 아"닌 것을 하나하나 알아가면서 "스물둘의 가슴에 밤눈처럼 내려 쌓인 내 순결한 사랑은" 날을 더하여 해운대의 가슴앓이를 이어갔던 것이다.

"선생님을 마음에 품었던" 철부지한 사춘기를 벗어나서 두 청년은 본격적으로 타오르기 시작한 사랑의 감정이 만년설도 녹일 만큼 뜨겁기만 했었고 이미 신의 영역에 들어서고 있었다. 친구는 이내 연인이 되고 연인은 아내가 되었지만 그 사이에는 "예전처

럼 친구 하자며 안녕이라고” 쓴 편지도 있었고 고속버스에 날개를
달아 달리고 싶은 시간도 있었다. 순간순간이 “자진모리 휘모리로
일제히 일어서며 춤을 추는” 시간이었다. 그럴 때마다 두 사람에
게 감겨오는 해운대의 기억들은 백사장을 넘어 해변도로까지 넘
쳐서 휘몰아치던 파도이기도 했고 “빗줄기와 바람을 감당하지 못
해 살이 다 구부러진 채로 날아가 버린 우산. 파도는 먹잇감을 향
해 갈기를 휘날리며 돌진하는 수사자의 얼굴처럼 하얀 분노를 흩
뿌리며 우리를 향해 달려들”었던 시간들은 후일 두 사람이 보금자
리를 차리고 예감하지 못한 격랑까지를 껴안고 견뎌낸 그 사랑으
로 아니, 평화의 바다로 되돌아왔다. 미우나 고우나 이향희 작가
의 기억 속에는 해운대의 시간들은 수구초심首丘初心의 그것처럼
잠들어있고 이내 그리움의 청라언덕이 되어 사랑에의 더 큰 확신
이 되었던 것이다.

　결혼을 하고 두 사람이 크게 부부싸움을 한 몇 년 전 해운대의
그 태풍을 떠올리며 별것도 아닌 일로 서로를 힘들게 했던 걸 후
회하면서 “누가 먼저랄 것도 없이 우리는 젊은 날의 그 해운대와
자신들”로 되돌아가 서로를 따뜻이 보듬을 수가 있었다는 대목까
지에 이르러 해피엔딩을 주제 삼은 한 편의 드라마가 연상되었다.
여기에서 우리는 이향희 작가가 우리 독자를 향해 예비한 문장을
읽는다. “격랑인 줄 알았던 것도 지나고 나면 그저 조금 세게 밀려
온 파도였을 뿐이었구나 싶을 때가 있다.”는 것. 잔잔한 듯 대수롭

지 않게 풀어낸 문장의 느낌이 새삼 가슴을 적신다. 누구든 서로에게 격랑일지도 모르지만, 태풍으로 다가가지 말고 그저 조금 센 파도로 다가가자는 메시지를 읽을 수 있었던 것은 이 작품을 독서한 소중한 성과였다.

은행은 벤치 밑에도 사람들의 발 옆에도 계단에도 떨어져 있다. 심지어는 어떻게 예까지 왔나 싶게 나무와는 제법 먼 곳까지 떨어져 있다. 가급적이면 더 멀리 지경을 넓히고 싶었을까? 어미 나무의 양분을 뺏고 싶지 않은 효심이었을까? 열매들이 둥근 것은 번식을 위해 더 멀리 굴러가기 위해서라고 한다. 은행 역시 동그란 몸으로 열심히 굴러 여기저기 흩어져 있다.

— 〈은행을 손질하며〉에서

가을이 되어 세상을 대화엄으로 불 밝히는 발광체가 있다면 그것은 다름 아닌 노란 물이 든 은행잎의 풍경이 아닐까. 은행잎이 떨어져 지상을 덮을 때면 가을은 절로 깊어진다. 어디에 이 같이 빛 밝은 발광체가 예비 되어 지상을 따뜻하게 밝히는 것일까. 은행잎의 계절에 숙성된 은행알도 낙과가 되어 땅바닥을 뒹군다. 화자는 이것을 말하면서 사방에 떨어져 뒹구는 은행알들에 사람의 감정을 담아서 그려내고 있다. 땅바닥에 떨어진 은행알이 나무 밑은 물론이고 '제법' 먼 곳까지 퍼져있는 것은 어미나무의 양분을 뺏지 않으면서도 멀리까지 지경地境을 넓히려는 나무만의 내심이 작용한 때문이라는 것. 여기에다 은행 열매가 둥근 것도 더 멀리 굴러가서 더 넓은 영역을 확보하기 위한 나무의 전략이며 그런 연유로 삼삼오오 제멋대로 흩어진다는 것이다.

그런 자리에서 굴러다니는 은행알의 그 고약한 암모니아 냄새를 경험했을 것이다. 떨어진 은행알은 쭈그러진 것, 고무공처럼 탱탱한 것, 사람들의 발길에 으깨어진 것 등등 실로 가지가지 모양새다. 화자는 은행 열매의 냄새가 고약하고 껍질이 부드러운 것은 요컨대 은행에 좋은 성분이 많아 고스란히 침탈당할 것을 우려한 나머지 그리한 것이며 발아를 쉽게 하려고 껍질을 부드럽게 했다는 것이다. 그리고 가까이 오는 것을 막으려고 짓무른 은행껍질이 피부에 닿으면 옻이 올라 그 또한 성이 가시게 만드는데 이 또한 자기보호의 한 방편이라는 설명이다.

이처럼 은행나무가 보여준 자기보호의 지혜는 사람으로 치면 영악스럽기까지 하다. 이내 은행알을 손질하는 화자의 모습이 머리에 그려진다. 고무장갑을 끼고 은행알을 으깨는 일에서부터 찌꺼기와 알맹이를 분리하는 일련의 과정들을 진행하면서 화자는 이처럼 고약한 일을 어떻게 하면 손쉽게 할 수 있을 것인가를 궁리하게 된다. 그러면서 쇠 그물로 된 국자로 조리질을 하면서 신기하게도 찌꺼기를 거르게 된다. 조리질하는 일에도 요령이 쌓이게 되고 "욕심낼 것과 버릴 것, 채울 것과 비울 것을 구분"하고 이

쯤에서 "과욕과 지나침을 경계해야겠다는 조리의" 비밀을 보여주기에 이른다.

* "두 시간의 자유"가 생명수보다 절실해

어느 집안이든 가풍의 진작에는 아내이자 어머니의 역할만 한 게 없다는 것이고 그런 연유로 늘상 가지런한 "인품이나 마음가짐"을 다짐하였다고 하였다. 그러면서 다다른 결론은 "계영배戒盈杯보다 훨씬 이전부터 주부 곁을 지키는 '유좌지기有坐之器'였음을" 인지하고 실천하라는 것이었다. '계영배戒盈杯'란 술을 많이 마시는 일을 경계하기 위하여 특별하게 고안한 술잔인데 잔에 술을 가득 채워서 마시지 못하도록 술이 어느 정도까지 차면 술잔 옆의 구멍으로 세게 하여 흘려버리는 전략이다. 여기에다 '유좌지기有坐之器'는 순자荀子의 '유좌有坐'가 그 출전이다. 여기에서 '유有'는 '우右'의 의미이며 곁에 두고 스스로 반성의 도구로 삼으라는 의미이다. 〈은행을 손질하며〉는 이향희 작가가 이 세월을 살아오면서 자신을 낮추고 주변을 통해 스스로를 가르침 삼자는 이를테면 생활철학에 기인한 한 편의 자기고백록이었다.

발길은 상념을 신고 애수교愛水橋로 향했다. 호수 위로 드리워진 난간 끝에 앉아 발을 내리면 마치 물 위에 앉아 있는 것 같다. 그래서 붙여진 이름인가? 물을 건너라고 다리가 있을진대 애수교는 정녕 더 가까이 물과 사귀게 하는 묘한 마력을 지닌 다.

- 〈공원의 밤 1〉에서

"종이컵을 감싸 쥔 손끝이 따뜻해"지면서 "믹서커피가 주는 넉넉한 향기에 온몸의 감각은 서서히 깨어난다"는 〈자판기 커피 한 잔의 행복〉은 작가의 일상적 행복을 새삼 지시하는 작품이다. 필자는 평소 행복은 소유의 개념이 아닌 향유의 개념으로 인식하고 있다. 그 향유를 위한 자리에 "TV도 끄고 컴퓨터로 즐겨 듣는 카페 음악도 켜지 않은" 정적의 공간을 마련하고 작가는 그런 다음에야 "비로소 나는 행복을 느끼며 온전한 휴식을 취"한다는 것이다. 품격 있는 도자기 잔도 좋지만 진짜 분위기가 느껴지는 커피 잔은 자판기에서 뽑아낸 종이컵이라는 것이다. 그래서 주변에서 보면 유독 자판기에서 종이컵 커피를 뽑아 들고 행복해하는 사람이 많다. 작가는 "카페라테, 카푸치노, 오리지널, 모카, 마일드, 그리고 헤즐럿향 커피에다 디카페인 커피까지" 주변 사람들의 일이 아닌 "오로지 내가 나에게 베푸는 호사"로서의 휴식을 취하면서 행복을 소환하고 있다.

아이를 키우고 살림을 하는 주부에겐 집안의 모든 일이 일단은 식구들을 챙기고서야 자신에게 돌아오는 시간들을 향유하게 된다. 예닐곱 시간을 걸리는 시댁을 갈 때도 "혹시나 아이를 훔쳐 갈까"봐 화장실이 심히 급할 때도 옆 사람에게 맡기지 못할 만큼 노심초사의 연속이었던 것이다.

그러던 어느 휴일에 아이가 잠든 두어 시간만이라도 자신에게 자유를 달라고 남편에게 제안을 했고 그로 하여 얻은 "두 시간의 자유"는 해갈이 목 너머까지 보이는 절실한 생명수 같은 시간이었다. 두 살 때 열병을 앓아 눈과 귀가 멀고 말을 못 하는 헬렌 켈러가 자신에게 "사흘의 시간이 주어진다면"을 놓고 소원사항을 밝히는 것 같은 생의 애처로움 내지는 설렘이 이 같은 것은 아닐까를 생각한다. 화자인 작가에게 하루의 시간은 정해진 생각 속의 일상적 스케줄 따라가기였다. 그러는 어느 시간, 아이도 배만 부르면 짜증이 심하지도 않고 "눈만 마주치면 웃어주던 참 예쁜" 수말스러운 아이였지만 그래도 일상의 제반사는 치워도 치워도 널려만 있었다.

동전을 넣고 버튼을 누르면 세상에서 가장 맛있다는 '양촌리 커피'가 뜨거운 김을 내며 작가 이향희를 기다리고 있다. 자판기에서 커피 한 잔만 뽑아 들면 미용실을 나오는 어느 아줌마의 행복도 전해지고, 일상의 번잡함도 '홀가로움'에 들고 갖가지 충만도 만끽하는 분 외의 행복이 찾아온다. 이리 보면 세상사는 더도 덜도 아닌 맘먹기라는 사실이다. 이제는 우유만 배불려주면 수말스럽게 잠이 들던 아이도 대학생이 되었고 화자도 인생 중반부를 넘어섰지만 삶은 쉬이 자유를 허락지 않는다고 고백한다. 어쩌면 그토록 기다리던 자유는 온 데 간 데 없고 더 깊은 질곡으로 얽혀가는 일상을 두고 이게 우리네 삶인가 싶기도 하였던 것이다. 생활의 속박을 내려놓고 자판기 커피 한 잔으로 여유를 찾고 자유와 행복을 느끼려고 동전 몇 개를 들고 집을 나선다. 커피를 빼 들고 공원 벤치 같은 데 자리를 잡고 오가는 사람에게 눈길도 주고 풍선처럼 가벼운 상상으로 하늘하늘 날아보는 시간이다. 문득 "풋풋한 초보 엄마 시절의 남편과 방싯방싯 웃는 내 첫아기를 추억하"던 그날이 생각되어 오늘도 그만 행복해지고 만다.

공원에 가면 초저녁의 청량한 불빛과 노랫소리와 사람들의 오가는 말소리를 내려놓고 하루를 춤추던 분수의 휴식까지를 넘어서면 늦은 시각의 공원은 그제야 가로등 불빛도 꺼놓고 축제 뒤의 무대처럼 고요에 들어선다. 시야에는 흑백사진 같은 추억의 시간들이 설핏한 그리움을 하나하나 꺼내놓고 비로소 내 시간이다. 그때 문득 떠오른 생각 하나, "사람과 달의 한 살이"의 비교다. 유년기의 초승달에서 아동기의 상현달, 절정인 청년기와 보름달, 그리고는 장년기와 노년으로 접어들면서 보름달 역시 어둠에게 야금야금 제 살을 떼어주면서 하현달과 그믐달이 되면서 이어지는 한 살이 달의 역사는 어둠에 묻히는 시간까지 영락없는 사람의 시간이다. 두 사물에의 사유의 비교는 젖어 들듯 서정적 느낌이 스민다.

공원의 시간은 "상념을 싣고" '애수교愛水橋'를 향한다. 애수교는 작가도 말하듯 떨쳐버리기 어려운 묘한 여운의 명칭이다. 그러나 그 여운은 몇 가지의 생각이 가능하다. 물을 사랑하기 위해 설치한 다리란 말일까. 아니면 물이 사랑스러운 곳에 놓은 다리란 말일까. 그것도 아니면 물과 다리가 서로를 사랑하는 다리라는 말일까. 아무래도 좋다. 작가는 지금 그 다리 위에서 호수를 본다. 한 척의 유람선 같은 난간에 앉아서 "마치 물 위에 앉아 있는 것 같다"는 느낌을 받는다. 삶의 애환들은 이처럼 위로받는 시간 위에 풀려서 사라지는 것이다.

> 현재 남편은 영업점에서 근무 중이다. 상대방의 마음뿐만 아니라 반드시 결과를 얻어야만 되는 업무의 특성상 지점장의 모든 역량과 리더십, 인간성까지도 실적으로 평가받는다 해도 과언이 아니다. 입사 때부터 이십여 년을 넘게 본점에서만 있었으니 제대로 적응하기가 쉽진 않을 것이다. 주량이 센 것도 넉살이 좋은 편도 못 되는 사람이기에 그 수고가 더 크게 느껴진다.
>
> - 〈꿈을 다리며〉에서

오십 대가 되면 자신의 의사에 상관없이 퇴직을 서둘러야 하는 나라에서 화자 또한 그 같은 당사자의 아내이다. 회사에서 차린 부서장급 배우자 초청행사에 초대를 받고 행사 자리에 참석하고는 많이도 설렜다. 그 자리에 "수하들의 호위를 받으며 입장하는 은행장"을 보면서 귀가하던 날의 가슴은 내내 콩닥였다. 회사의 연수원이 설립되던 무렵 남편도 첫 연수생이 되어 결혼한 일까지 합하면 이 셋은 트리플 갑장으로 맞아떨어진다.

*"첫 동행 때 안고 왔던 그 꿈을 다리"는 중

신입사원으로 사회의 첫발을 들여놓고 나서 결혼도 하였고 두 아이를 둔 가장도 되었고 금융사회의 바른 성장도 주도하리라 마음 다졌던 곳, 그리하여 한 남자의 오십 대까지의 꿈이 고스란히 숨 쉬고 있는 곳, 여기에서 화자가 풀어낸 '직職'이라는 글자는 귀로 들은 말은 발설하지 못하게 창으로 지키고 있는 형상의 글자를 의미한다는 것. "들어도 못 들은 척, 말하고 싶어도 함부로 옮겨서는 안 된다는 의미를 지니고 있다. 귀먹고 눈멀고 입 막고 삼 년이라는 시집살이" 한 여자의 일상과도 닮아서 자기를 낮추고 상대에게 다가가야 하는 생활을 헤아리면 그 자체로 마음 짐작할 만하다. 수신제가의 '신身'과 '수기치인'의 '기己'에서 90도로 몸을 낮춘 자라야 비로소 치국평천하에 이르게 된다는 해석은 새겨서 음미할 만하다.

현재 영업점에서 지점장으로 근무하는 남편은 "주량이 센 것도 넉살이 좋은 편도 못 되는 사람"이다. 그러면서 오늘에 이르도록 잘 견디고 이겨낸 남편에게 작가는 남다른 마음을 보내고 있다. "언니, 여기에요." 연수원 '동행'에서 일 년에 한 번씩 만나서 오래오래 함께하고 싶었던 또 다른 부서장의 부인이 "우리 내년에도 볼 수 있겠죠…?"라는 말이 유난히도 아프게 다가왔다고 했다. 마무리에서 화자를 향해 또 다른 부서장 부인이 던진 대사에서 우리는 '여기'와 '내년'의 거리감의 천양지차를 읽을 수 있었고, 존재하지 않는 것에 대한 공허함마저 느껴진다. 요컨대 존재하지 않는 '내년'이라는 말의 공허함 때문이다. 다려놓은 셔츠가 없는 것도 아닌데 '수기'와 '치인'의 자리에서 방울방울 맺혔을 땀방울의 의미를 생각하는 아내는 정성스러운 마음으로 지금 "첫 동행 때 안고 왔던 그 꿈을 다리"는 중이다.

여기까지에 와서 화자가 다리는 꿈은 포기하는 꿈이 아니라 끌고 온 세월에 혹간 구겨졌을지도 모를 미래를 건너는 꿈의 주름들을 다리는 것이다. 그 꿈은 먼 데 있는 것도 아니고 오늘까지 살아온 지난날의 '그 수고로움'의 주름들을 다리면서 하나하나 헤아리는 중이다. 소는 잃었어도 외양간을 고쳐야 다시 소를 기를 수 있다. 세월은 흘렀어도 다가올 시간 또한 자별하기에 더 멀리까지 손잡고 동행하고 꿈꾸기 위해 화자는 여전히 미래의 시간을 다리는 것이다.

여백은 마음을 푸근하게 하여 따뜻한 시선으로 사물을 볼 수 있게 한다. 공간의 빈 곳이 여백이라면 마음의 여백은 여유餘裕

이다. 여백은 여유를 낳아 유연한 생각으로 사고를 확장시키고, 상상과 사색으로 온갖 재료를 끄집어내어 행복을 요리하게 한다. 동양의 예술이나 생활철학이 여백을 중시하는 이유도 이 때문이 아닐까 싶다. 중략…후르르, 무게를 털어내는 연하蓮荷에서 곡예를 타던 물방울이 쏟아진다. 조약돌만한 물방울만 연하에 남아 하얗게 반짝인다. 내리는 웃비에 채워지면 쏟고 결국 연하는 자기 힘에 맞는 양 만큼만 옴팡지게 안고 있지 않은가.

〈여백〉에서

"최선의 정리는 버리기"로 시작하는 〈여백〉은 "멀쩡한 것을" 한사코 버리지 못하는 화자의 주변은 정리정돈은 물론이고 수납장마다 빼꼭하기만 하다. 그러던 중 이런저런 이유로 '자리만 차지하던' 것들을 하나둘씩 덜어내니 시야도 트이고 가슴도 홀가분해졌다. 한 마디로 마음 푸근한 시선으로 세상을 바라볼 수 있게 된것이다. 생활에서 '여백'을 갖는다는 것은 여유를 갖는다는 것이고 유연한 생각으로 상상과 사색으로 예술처럼 행복을 넓혀간다는 말이다.

서양과 달리 우리 동양에서는 예술도 유독 여백의 미를 강조하고 있다. 필자는 일찍부터 그 "여백을 예술이 숨을 쉬는 공간"이라고 언명한 바 있다. 작품 속의 화자는 내친김에 걷어붙이고 행주치마를 두르고 설거짓감들에 덤빈다. 물건들은 저마다 제 자리를 찾으면서 말끔해진다. 세계 1등 부자들도 자신에게 여유를 주기 위해 설거지만은 자신들이 직접 한다는 것.

작가는 한자어 여유餘裕를 파자破字한다. "남을 여餘는 배부른 상태를 형상한 글자이고 넉넉할 유裕는 옷 의衣변에 골짜기 곡谷 자의 합성으로 여자가 자식을 많이 낳아 흐뭇한 상태"라고 풀이한다. 생각할수록 개연성이 큰 설명이다. 얼마 전 지인이 필자에게 '도서관'의 '관'자를 '집사舍'변이냐 '밥식食'변이냐를 물어 온 일이 있었다. 필자는 당연히 밥을 먹어가면서 책을 읽고 공부를 해야 하니까 밥식변의 '관館'으로 쓰는 것이 맞다고 말한 일이 있다. 작품에서 우리는 작가가 의도하는 '여백'이란 말은 '여유'에 가깝다는 사실을 인지할 수 있다.

어둠을 동반한 비가 내리는 시간에서 잦아드는 시간까지를 "산소 같은" 산책로, 호수공원을 거닐면서 수면과 연잎을 두드리는 빗소리를 듣는 화자의 지금의 모습에서 그 자체로 여백이 느껴진다. 연하蓮荷를 구르며 곡예를 타던 물방울이 하얗게 반짝인다. 들어오면 비우고 또 비우고 자신에게 흘러든 물방울을 연거푸 비우면서 청정한 허리로 세상을 밝히는 '연하'를 보며 큰 여백을 배우는 것이다. 어쩌면 계영배처럼 "집착이든 물욕이든 탐심이든 버릴 줄 알고 비울 줄 알 때 여백의 선순환이 일어나는 것"을 생각하게 된다. 전화기 충전과는 달리 내 삶이 충전하지 못하고 살았던 것들은 "마음에 여백이 없어서"라는 대중가요의 가사처럼 살았다는 말은 아닐까. 음미하듯 절절한 시간이 스며들고 젖어 들어 화자는 홀가분하고 자유롭다는 '홀가로움'을 틈타 우리가 진정 누리고 싶었던 '여백'에 다다른 것은 아닐까를 반추한다.

그런 내게 마당은 특별한 의미로 자리하고 있다. 아이에서 소녀로 아가씨로 부부로 탄생된 생명의 공간이다. 햇빛과 바람과 빗물이 머물며 시간 속에서 생명들이 만나는 어울림의 장소다. 마당에서 탄생된 부부는 다시 마당 안에서 생명을 잉태하고 낳아서 기른다. 아무리 초가삼간 오두막이라도 마당이 있고 울이 있다. 그 울은 도둑을 지키는 높은 담장이 아니다. 싸리나 개나리를 엮어 나지막이 마당을 둘러치면 족하다. 마당은 생명이 나고 자라는 성스러운 곳이기에 바깥세상의 속俗과 구분을 하는 경계로 울타리를 쳤던 것이다. 우리말의 '우리'라는 어원이 바로 이 '울'에서 비롯된다. 우리는 '나'의 복수형이 아니라 같은 울 안에 있는 공동체란 의미이다.

- 〈마당에 서다〉에서

마당에 햇살이 남실거리고 사모관대와 염의가 마주한 자리, 청실과 홍실, 전안례, 밤과 대추, 상에 오른 장닭과 암탉, 그리고 왁자한 사람들…"농협에서 치른 초례"의 광경이다. 예닐곱 살 때 큰집 마당에서 치른 언니들의 혼례식을 보고 자란 '꼬마'가 그 시절에는 매우 귀한 전통혼례의 주인공으로 초례청에 섰던 것이다. 특별하면서도 귀한 자리에서 "아이에서 소녀로 아가씨로 부부로 탄생된 생명의 공간"은 하늘과 땅의 탄생에 맞먹는 엄숙한 순간을 담아내고 있다. 여기에서부터 '울'과 '마당'이 만들어지고 그 자리의 '울'은 성聖과 속俗의 경계임과 동시에 "울안에 있는 공동체란 의미"의 '우리'가 만들어진다.

　　*인생 1막은 졸업이고 2막을 펼치다

　　그로부터 30년이 지나고 돌아 나온 오늘까지의 시간들을 하나하나 들춰본다. 그 자리에서 두 아들이 올린 '최고의 아버지상賞'은 한마음으로 가족을 위해 헌신한 한 남자의 이날까지의 삶의 궤적을 담아 '아빠께' 올린 감사와 존경의 증명서다. 칠년 연인에서 입행과 결혼, 그리고 두 아들을 낳아 훤칠한 청년으로 기르는 동안 든든한 울타리가 되어주고 "난 당신을 사랑하는 행복한 아내로" 살 수 있었던 자리에서 인생 1막의 졸업식이 있었고 2막을 펼치는 꿈의 세월을 다림질하는 화자의 모습이 장히 아름답다. 30년 전에 쓰곤 했던 그림편지를 떠올리며 "지금껏 장닭같이 가족을 건사하고 있는" 남편에의 그간의 세월을 감사와 큰절로 대신하는 행복한 시간이었다. 〈마당에 서다〉는 그런 의미에서 '마당'은 "집의 앞뒤에 닦아놓은 단단하고 평평한 땅"을 이르는 말이지만 2막을 시작하면서 다시금 행복을 연출하고 연기할 무대의 의미가 아니겠는가. 그 무대에 올리는 2막의 시작은 이렇듯 경건하고 조심스럽고 소중하기만 하다.

이향희 작가가 전통혼례로 신혼의 시간을 열었다는 때가 1991년이었으니 당시로는 상당히 이채로운 일이었다. '울'과 '마당'의 기능적 해설에다 '우리'의 어원을 연결한 것은 자못 개연적인 사유이고 이를 풀어가는 문장 또한 진지하고 성실하다. 절로 빨려드는 흡입력이 강한 매력 있는 문장이라 할만하다. 사유와 묘사와 서사가 두루 한 자리에 하모니를 이룬 이향희 작가의 산문 문장은 그 자체로 자별한 맛이 느껴진다.

문학은 지식을 가르치고 배우는 수단은 아니지만 문장을 독서하면서 이슬비에 옷이 젖듯 자신도 모르는 새에 여러 지식들에 동화되는 것이다. 교과서로는 아무리 강조해도 끄떡도 않던 사람도 심청전을 읽고 나서는 절로 효도를 배우는 이치와 같달까.

수필은 개인의 역사에서 본인을 비롯한 주변사를 기록하는 사초의 의미를 지닐 수도 있다. 마치 회화가 당대의 시대와 풍속을 기록할 때는 기록화로서의 의미가 크지만 예술의 자리에 오면 전적으로 예술 그 자체로만 작업하게 되는 것과 같다. 우리는 수필이 가지고 있는 사실적 묘사력에 기록성을 두루 충족시킬 수 있지만 예술적 세계를 묘사할 때는 필요한 만큼의 변개나 가감을 적용할 수 있다는 것이다.

그로부터 30년이 지나고 돌아 나와 화자는 오늘까지의 시간들을 하나하나 들춰본다. 그 자리에서 두 아들이 올린 '최고의 아버지상'은 오직 한마음으로 가족을 위해 헌신한 한 남자의 삶의 궤적이 감사와 존경의 증명서로 돌아온 것이다. 칠년 연인에서 입행 入行과 결혼, 그리고 두 아들을 낳아 훤칠한 청년으로 기르는 동안 든든한 울타리가 되어주고 그리고 "난 당신을 사랑하는 행복한 아내로" 설 수 있었던 자리에 인생 1막의 졸업이 있었고 2막을 펼치는 꿈의 세월을 다시금 다림질하는 화자의 모습이 보이는 듯하다.

아버지 기일에 우리 육남매는 그간 말로만 그쳤던 일을 드디어 실행에 옮길 수가 있었다. 알아서 한다며 고집을 부리던 엄마가 결국 자식들의 뜻을 받아들이신 것이다. 칠 년 전 아버지의 옷가지를 태웠던 그 자리에 우리는 다시 불을 지폈다. 이제사 엄마가 그 고된 일을 그만두기로 했다며 아버지께 고하고 또 고했다. 생선을 이고 다녔던 큰 대야와 갖가지 어패류를 올리고 좌판에 가지런히 자리했었던 크고 작은 채반들이 불더미 속에서 검은 재를 뿜으며 일그러져 갈 때 어느 샌가 엄마의 눈가를 적셔 돌던 눈물. 시장 바닥에서 함께 자식을 길러낸 엄마의 분신이었다. 고락과 애환이 고스란히 꿈으로 스며있는 엄마의 청춘과 역사였다. 우리는 다비식을 치르듯 까맣게 타오르는 연기 속에서 한 여자의 일생과 꿈을, 그리고 자신의 분신을 보내는

엄마의 만감서린 눈동자를 사리를 줍듯 소중히 각자의 가슴에
새겨 넣었었다.

– 〈친정엄마 2〉에서

〈친정엄마2〉는 친정어머니가 한사코 고집을 부리시는 바람에
자식들이 그간 "말로만 그쳤던 일을" 실행에 옮길 수가 있게 되었
다. "칠년 전 아버지의 옷가지를 태웠던" 그 자리에서 자식들의 강
한 권유를 따라 "그 고된 일을 그만두기로 한" 것이다. 19번의 수
술과 오랜 병원 생활로 어려워진 형편에 여덟 식구의 짐을 남편에
게만 지우는 게 안타까워 따로이 생선 장사를 시작하신 어머니를
어른이 된 자식들이 이제는 손을 떼고 편히 사시라고 강권했던 것
으로 읽힌다.

주부로서 육남매를 기른 어머니는 그 많은 세월에 이래도 저래
도 웃음 웃는 하회탈 같은 표정으로 살으셨을 것이다. 그리고 지
금 이 자리에서 화자가 생각한 그 지긋지긋한 30년이라는 어머니
의 세월에는 '덧정'도 죄다 사라졌을 법한데 그냥 놀이삼아 하시
겠다며 "기어이 그 길을 나서신 것"이다. 아버지 옷가지를 태운 자
리에서 시장 바닥에서 함께 자식을 길러낸 엄마의 분신들을 태우
고 만감 서린 눈동자로 다시는 장에 가지 않기로 한 자식들과의
약속을 저버리고 "반년도 못되어 결국 다시 시장 할머니가 되신"
것이다. 세상에는 자식 이기는 부모가 없다는데 화자의 친정어머

니에게만은 무색한 일이 되고만 것인가.

　서울 나들이랍시고 딸네 집에 오실 때면 딸은 어머니를 위해 해보지 못했던 것들을 해드리거나 보여드리곤 하였는데 그리도 좋아하실 수가 없었다. 시보다는 수필문장을 애착하셨고 작품을 직접 읽어드릴 때면 모범학생처럼 귀를 세우고 경청하는 엄마는 소녀에 진배없었다. 그 어머니에게 꿈이 무어냐고 물으면 "학교를 많이 가서 똑똑한 사람이" 되고 싶었다는 것이며 칭찬받는 자식을 두고 천 리 만 리 구경 다니고 싶다시다가도 "사실은 동창회에 가봤으면 싶다. 한 번이라도. 진짜..."에 이르면 화자는 이내 목이 메인다. 그래 엄마에게도 이 시간까지 그 누구에게도 발설치 않은 이 같은 간절함이 있었다니!

　*어머니는 "가장 아름다운 태초太初의 여자"

　남자 위주의 시대에 진학의 꿈을 접어야 했던 어머니는 "공부한 친구들이 곱게 차려입고 동창회 가는 모습"이 그리도 부러울 수가 없었다는 것이다. 못 배운 한스러움에 목울대가 아프도록 울음을 참다가도 딸이 노인대학을 보내드리겠다는 말에는 "나는 아직 각시"라며 순 영감들뿐인 곳은 싫다고 손사래를 치셨다. 정말이지 '노인', '영감'이라는 말은 노인이 가장 싫어하는 말이기도 하다. 엄마의 세월을 짚어보며 화자 자신도 동일한 시간을 반복하며 걸어왔음을! 그러면서 화자가 풀이한 계집女자의 해석 또한 그럴 법하다. 요컨대 여자는 "다리만이 아닌 온몸과 맘으로 품안에 '꿈'을 안고 있는" 형상이라는 것이다.

엄마 역시 꿈이 있는 여자란 사실을 새삼 반추하며 계집'女'는 그 자체로 '근원적이고 궁극적인 꿈'이라는 데에 도달한다. 몸은 고되지만 여전히 활기 있게 생활하시는 '엄마'는 이제부터 버는 돈은 '소년소녀 가장 돕기'에 후원하시고 그들이 꼭 훌륭한 사람이 될 것을 소망하신다는 것이다. 자식에게서 소년소녀 가장에게로 품을 옮겨가신 어머니는 여전히 "가장 아름다운 태초太初의 여자"가 아닐까.

이향희는 지난 시간의 서사를 빌어 결곡한 그리움을 빚는 작가다. 일상과 여러 인연과 사물에까지 그리움을 녹여서 문장으로 풀어내는 솜씨가 자못 진지하다. 작가는 그리움을 빚어 사랑을 엮는 장인이다. 그 사랑 또한 종류가 많아서 부모자식 간의 사랑에서부터 남녀 간의 사랑, 인간사회에 널린 수많은 긍휼과 연민, 나아가선 이들과의 감정이 낳은 지극한 '슬픔'까지도 사랑의 품안을 열어 수렴해 들인다. 그런 의미에서 '사랑'은 무한대로 뻗어나간 우주적 감동이고 길러낸 삼라만상을 잠재우는 자장가이기도 하다.

그리움은 '인연'에서 비롯되는 경우가 항다반사이고 동양에서 생각하는 '인연'이란 잠자리 날개가 바위에 부딪혀서 눈꽃처럼 하얀 가루가 될 즈음에야 한번 찾아올까 말까한 귀한 것이라고 한다. 작가에게 그리움은 어쩌면 태양을 따라가는 해바라기를 연상하면 어떨까. 그 같은 그리움 위에 집짓고 상 차린 이향희 작가는 한 사람의 언어 건축가로도 손색이 없다. 그만큼 그의 언어는 차분하고 결곡하다. 자신의 그리움 위에 설계한 편 편의 조감도가 한 채의 집으로 완성될 때 그의 심중에는 얼마나한 환희가 물결쳤을까.

이향희 작가의 작품들을 독서하면서 묶인 것은 풀어주고 막힌 것은 뚫어주고 고인 것은 흘러가게 하는 문장의 흐름에 호감을 가질 수 있었다. 물 좋고 정자 좋기는 어렵다는데 수필집『꿈을 다리다』는 이들을 두루 충족한 서사와 사유와 묘사가 물 흐르듯 자별하게 이어지고 있다. 일상의 서사를 상상의 구름 위에 띄운 사유의 묘사가 압권이라는 감상과 함께.

평범한 언급으로 문학은 더도 덜도 아닌 '상상'의 산물이다. 문학에서 '상상'을 빼다면 무엇이 남을까. 상상이라는 언어적 보충 없이 문학이 어떻게 진실이라는 하나의 구조를 완성할 수 있을까. 상상은 부풀수록 재미를 더하는 일이지만 여기에 서사라는 뼈대를 세워야 엄연한 구조물의 형태를 갖추게 되는 것이다. 상상은 오르면 곧바로 떠다닐 수 있는 구만리장천의 뭉게구름 같은 탈것을 연상해도 좋을 것이다. 그래서 여의봉을 휘두르며 구름을 타고 자유자재로 주유천하 하는 손오공의 사통팔달은 순전히 상상이 만들어낸 현실 이상의 얘기다. 만약에 이들 이야기에 상상을 소거

한다면 문학속의 그 많은 장면과 언어들이 어찌 독자의 가슴에 가
득 환희를 피어 올릴 수 있을까. 그래서 인간 세상에서 지식보다
앞서는 '상상'이 있어서 문학이 싹트고 존재한다는 사실이다.

그리 보면 글 쓰는 사람에게 상상력보다 크나큰 재산은 없겠다
는 생각이다. 풍부한 상상력을 담보해야 맘 맞은 작품이 탄생하는
것은 불문가지다. '상상'은 곧바로 '그리움'이라는 강물을 형성하
면서 사물의 말초신경까지를 감각하며 흘러가는 것이다. 바슐라
르는 "상상한다는 것은 현실을 떠나는 것"이라 하였다. 현실에 발
딛지 못하면 살아갈 수 없는 게 인간이지만 역설적이게도 현실 밖
으로 나가 현실 이상의 세계를 창조하고 향유하는 특권 또한 누리
는 것은 이 같은 상상이 있기에 가능한 것이다. 허구 사용을 눈감
은 수필 세상에서 이향희의 문학적 상상력은 그래서 값지다는 생
각이다.

"하나를 보면 열을 안다."는 말이 있다. "그 광대무변의 태평양
물도 조금 찍어서 맛보고 전체의 물맛을 안다"는 것이며 이는 기
미에서 전체를 본다는 아포리즘과 통하는 말이다. 앞에서 살펴온
이향희 작가의 수필 문장은 자신의 현재적 삶에 얼마만큼 전력투
구하는지를 감 잡게 하는 성적표였다. 작가는 작품집『꿈을 다리
다』의 작품들을 탈고하면서 "우선은 홀가롭다"고 했다. 그리고 "비
워낸 자리 다시 아름답게 채워"갈 것이라고 했다. 이향희 작가의
이 같은 고백은 앞으로도 열정과 사랑으로 꿈을 다려가며 아름답

게 삶을 펼쳐가겠다는 의지에 기인한 것으로 여겨진다.

상상하는 일은 꿈꾸는 일이며 꿈꾸지 못하면 만들어낼 수도 다 다를 수도 없다는 것이 언어 세계가 보인 진리다. 이걸 잘하는 이가 시인이고 작가라는 것은 이들만의 특별함이기도 하다.

바슐라르는 상상이야말로 "새로운 삶을 향하여 돌진하는 것"이라 하여 '상상'의 의미적 내용을 보충하여 발언하였다. 인간이 발딛고 사는 곳은 언제나 눈길이 찾아가는 정직한 현실이다. 하지만 그것의 울타리를 벗어나 이상의 세계로 발걸음을 옮기는 일은 상상의 의미역에 다다르는 일이 아니겠는가. 이 같은 일의 결과로 바슐라르는 "상상력은 하나의 상태가 아니라 인간의 실존 그 자체이다."라는 언명에 다다른다. 여기에서 우리는 사실을 넘어 우리가 꿈꾸어 오던 진실의 세계가 어떤 의미일까를 감 잡게 된다.

문학은 어찌해도 사실에서 출발하여 진실의 문제를 문자로 표현한 세계이다. '현실'에서 발생하는 역사의 일은 언제든 우연이며 일회적이다. 허나 '상상'에서 얻어낸 진실의 세계는 필연코 개연적 가치의 세계이면서 다회적이다. 작가가 넘나드는 차안과 피안, 현실과 이상의 대척점을 인간의 언어로 그려내는 것은 바로 그가 소유한 '상상'이라는 특권적 능력에 연유한다. 인간은 '상상'이라는 시공 초월의 날개가 있어야 비로소 현실의 저쪽 세계를 날아다닐 수 있는 것이다.

만약에 작가가 상상할 수 없다면 그의 창작적 운신은 불가능의 늪에 잠길지도 모른다. 그 때문에 창작에서는 사실보다 윗자리에 상상을 올리는 것이며 상하 사통팔달이 자유롭고 재미난 능소능대의 운신을 꿈꾸게 된다. 이처럼 상상의 크기가 작가의 크기를 재는 바로메타가 된다는 점에서 작가가 지닌 능력은 남다른 상상력의 결과이며 작가의 작품이 그래서 상상력 가운데에서 꽃피어난다는 사실이다. 필자는 오래전부터 강한 믿음의 하나로 문학을 포함하여 모든 예술가는 상상력의 크기로 작품의 크기가 결정된다는 생각을 반복하여 말한 바 있다.

*감각할 손끝과 표정과 눈짓과 함성들을

상상력이 빈약하면 창작된 작품 또한 별무신통이라는 사실을 상기하면 작가에게 상상력만큼 대단한 일이 무엇이겠는가, 인간이 발 딛고 걷는 현실은 신경조직에다 많은 피로감을 축적한다고 한다. 하지만 풍성하면서도 생기발랄한 상상 작용으로 이 같은 피로를 떨쳐내고 구사한 언어에서 여러 문제의식과 재미를 만나게 되는 것이다. 상상의 크기가 문학의 크기라는 말은 그런 의미에서 새삼스럽지 않다.

거듭되지만 상상의 세계는 사통팔달을 꿈꾸는 광활함과 자별함의 세계이다. 상상력은 정도의 차이는 있지만 어느 누구에게도 고루 부여된 보편화된 능력이기도 하다. 허나 상상력은 문학의 모양과 크기, 방향 등이 형성되기 이전의 능력이며 이는 달리 말하면 '시정신'이란 말과 등가이다. 이를 어떻게 구사하느냐에 따라 문학의 크기와 깊이가 달라진다는 것은 그 설명이 새삼스럽다. 상상력의 크기를 빌어 문학의 크기를 언급해 왔지만 이향희 문학을 독서하면서 그의 문학의 괄목상대를 더더욱 기대하는 것은 이 같은 사통팔달의 상상력과 이어진다는 사실의 강조 이상도 이하도 아니며 그는 결단코 우리의 소망처럼 크고 헌걸찬 문장가로 나아갈 것이다.

| 김종 |

• 조선대학교 국어국문학과 교수(전)

• 1976년 중앙일보 신춘문예 시 당선

• 시집 『장미원』, 『밑불』, 『그대에게 가는 연습』, 『간절한 대륙』 등 12권

• 저서 『전환기의 한국현대문학사』,

　　　『삼별초, 그 황홀한 왕국을 찾아서』(상 · 하),

　　　『한밤의 소년』(역서) 등 11권

• 대한민국 동양서예대전 초대작가, 한국추사서예대전 초청작가

• 제26회 추사 김정희선생 추모 전국휘호대회 심사위원

• 신동아 미술제 대상, 광주 · 서울 · 부산 · 대구 등 작품전 14회

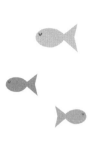

이향희 수필집

꿈을 다리다

초판인쇄 2021년 10월 12일
초판발행 2021년 10월 20일

지은이 이향희
펴낸이 노용제
펴낸곳 정은출판
주   소 서울특별시 중구 창경궁로 1길 29 (3F)
전   화 02-2272-9280
팩   스 02-2277-1350
이메일 rossjw@hanmail.net
홈페이지 www.je-books.com

ISBN 978-89-5824-439-4 (03810)
값 13,000원

· 잘못된 책은 바꾸어 드립니다.
· 이 책의 판권은 지은이와 정은출판에 있습니다.
· 양측의 서면 동의 없는 무단 전재 및 복제를 금합니다.